Frank Maria Reifenberg
Identity X
Wer ist Boston Coleman?

FRANK MARIA REIFENBERG

IDENTITY X

WER IST BOSTON COLEMAN?

dtv

Von Frank Maria Reifenberg ist bei dtv außerdem lieferbar:
Lenny unter Geistern

2. Auflage 2022
Originalausgabe
© 2022 dtv Verlagsgesellschaft mbH & Co. KG, München
Umschlaggestaltung: ZERO Werbeagentur GmbH
unter Verwendung von Motiven von shutterstock.com
Lektorat: Katja Korintenberg
Satz: Greiner & Reichel GmbH, Köln
Gesetzt aus der Rotis Serif
Druck und Bindung: CPI books GmbH, Leck
Printed in Germany · ISBN 978-3-423-74077-7

I.

Tonbandprotokoll

Asservaten-Nr.:	KxCV|13–534v
Aufnahmegerät:	Revox A77 MkIV
	(Baujahr 1978)
Transkription:	Lucas Butler (lb)

Wenn dir an einem ganz normalen Samstag plötzlich und ohne Vorwarnung ein Polizeikommando den Inhalt einer ganzen Waffenkammer unter die Nase hält, ist eines klar: Dein Leben ändert sich gerade. Ob das gut oder schlecht ist, weißt du in diesem Augenblick noch nicht, jedenfalls solange keiner den Abzug gedrückt hat. Ich weiß es leider bis heute nicht. Dass ich noch lebe, könnte ein Hinweis auf einen guten Verlauf sein, aber überleben ist nicht alles. Du willst wissen, wer ich bin? Das wüsste ich auch gerne. Ich könnte mir einen Namen geben, irgendetwas Unauffälliges: Jack oder Mike oder Matthew oder wie man 2009 seinen Sohn im Mittleren Westen der Vereinigten Staaten nannte. Aber ich bin Boston Coleman. Falls dir jemand etwas anderes sagt, glaube ihm nicht.

[starke Windgeräusche, aufschlagender Fensterladen]
Scheiße, dieses verdammte Haus ist eine verdammte Bruchbude.

[Unterbrechung]
Okay, kann weitergehen.

Ich wurde von meinen Adoptiveltern vor knapp vierzehn Jahren (genauer gesagt am 8. Dezember 2009) an einer Bushaltestelle in Lumber City im Bundesstaat Georgia gefunden, ungefähr dort, wo die Church Street in den Golden Isles Parkway mündet.

Du musst dir jetzt im Augenblick diesen Ort nicht merken, aber es könnte dir helfen, wenn dir später vielleicht mal ein paar ziemlich fiese Typen damit drohen, dir einen Finger nach dem anderen zu brechen, weil sie von dir wissen wollen, wo ich zu finden bin.

Und du kannst dir schon einmal abschminken, dass du dich aus dieser Sache heraushalten könntest. Anfangs dachte ich auch noch, dass ich das könnte. Aber weder du noch ich entscheiden das. Das hat einen ganz einfachen Grund: Es geht um die Rettung der Welt und da verpisst man sich nicht einfach mal so.

Wenn du auf diese Tonbänder gestoßen bist und dazu auch noch ein Abspielgerät hast, mit dem du sie anhören kannst, bist du entweder von der Polizei oder ein Freak, der auf alten analogen Audiokram steht, wie der Typ, dem diese verschissene Hütte am Ende der Welt gehört. Na ja, eigentlich ist es ein richtiges Haus mit immerhin acht Zimmern, einer separaten Werkstatt und einer Scheune.

Ich bin jedenfalls froh, dass ich hier dieses Gerät gefunden habe. Wenigstens kann ich jetzt meine Version der Geschichte erzählen. Also falls ich nicht vorher erfriere oder mich ein Grizzlybär auf seine Frühstücksbestellung setzt.

Wenn ich nicht jahrelang bei den Boyscouts gelernt hätte, wäre ich sicher schon am Ende.

Moment, kurze Pause. Ich lege ein Stück Holz in den Kamin nach, weil der nicht ausgehen sollte. Ich habe heute Morgen mein letztes Streichholz verbraucht und ich weiß sehr gut, wie mühselig es ist, mit einem Hölzchen und ein bisschen trockenem Gras ein Feuer entfachen zu müssen. Das habe ich in unseren Camps immer gehasst, aber wer weiß, vielleicht werde ich jetzt Sleepy-Josh, der unsere Pfadfinder-Gruppe leitet, doch noch dankbar sein.

[Unterbrechung]

Ich wurde also an diesem Dezembertag vor knapp 14 Jahren gefunden, in einem Wäschekorb. Sie hatten mich in einen Hoodie der *Boston Red Sox* gehüllt und mit einer rosafarbenen Wolldecke zugedeckt. Den Boden des Wäschekorbs hatte jemand mit drei uralten Ausgaben einer Zeitung gepolstert.

Die Decke war sehr kuschelig und roch nach einem teuren Parfüm, weshalb meine Adoptiveltern davon ausgingen, dass ich aus ganz guten Verhältnissen stammen musste. Ohne das rosafarbene Wolldeckchen wäre ich ziemlich bald erfroren, weil das Thermometer in Lumber City um diese Jahreszeit selten über zwei oder drei Grad Celsius steigt.

Die Decke, den Hoodie und die Zeitungen haben meine Eltern aufbewahrt. Sie liegen, seit ich denken kann, in einem Karton verpackt unter meinem Bett.

Archie und Liz Coleman, meine Adoptiveltern, hatten damals gerade ihre wenigen Habseligkeiten in einen Umzugswagen gepackt und waren auf dem Weg nach Waco, wo sie ganz neu anfangen wollten. Ich hatte ein riesiges Glück, dass mich die Frau mit dem teuren Parfüm nicht einen Tag vorher oder ein paar Stunden später an diese Bushaltestelle gelegt hat.

Die Colemans sind die absolut tollsten Adoptiveltern, die das Schicksal dir aussuchen kann. Sie sind besser als die meisten echten Eltern, jedenfalls von denen, die ich so kenne.

Bevor das hier alles passierte, ging meine Herkunft auf biologische Eltern, die mich loswerden wollten, ein Kapuzenshirt einer Baseball-Mannschaft und eine kuschelige Wolldecke zurück.

Der Ort Waco, in den mich meine neuen Eltern mitnahmen, ist das Waco in Nebraska, nicht das in Texas, das einigen wegen eines Massakers vor ein paar Jahrzehnten bekannt ist.

Mein Waco ist ein verschlafenes Nest. Sleepy-Josh Miles, der Sheriff, war selbst überrascht, dass ein fünfzehnköpfiges Kommando das Haus einer (bis zu diesem Tag) völlig harmlosen Familie über die hintere Veranda stürmte. Es war eine Spezialeinheit, die schnell begriffen hatte, dass von dieser Seite her der Überraschungseffekt am größten sein würde. Ausgerechnet mich für so gefährlich zu halten, dass man einen Überraschungseffekt brauchte, ist eigentlich lustig. Ich bin der schlechteste Torwart des Mittleren Westens und auch sonst so durchschnittlich wie eine Scheibe Weißbrot.

Im Garten gibt es zudem einen alten Hühnerstall, der

einem Eindringling ausreichend Sichtschutz bieten würde. Im Sommer hilft auch noch eine Heckenrose. Eigentlich kann man sich völlig ungesehen bis zur Veranda bewegen und dort an einem der Pfosten hinaufklettern und in mein Zimmer steigen. Jedenfalls, wenn das Fenster offen steht. Und das tut es zu dieser Jahreszeit meistens.

Ich lag also im ersten Stock auf meinem Bett, ein lauer Wind blies die Gardine ab und zu herein und brachte den schweren Duft der Heckenrose mit. Vermutlich war die hintere Verandatür nicht abgeschlossen.

Vielleicht hätte ich etwas gemerkt, wenn meine Eltern zu Hause gewesen wären und ein Schrei von Mom die Truppe verraten hätte. Aber was hätte das schon geändert? Ich wäre nach unten gegangen, um nachzuschauen, ob wieder einmal eine der Ratten, die sich gerne unter dem Haus einnisten, einen Vorstoß in die Küche gewagt hatte. Normalerweise verpasse ich den Biestern eins mit meiner Zwille.

Nur damit das klar ist: Ich bin vielleicht durchschnittlich und ein schlechter Torwart, aber ein Feigling bin ich nicht. Aber Gott sei Dank, kam dann sowieso alles ganz anders.

Eine Profi-Zwille wie meine hätte von dem Einsatzkommando als Waffe eingestuft werden können, was zur Folge gehabt hätte, dass dreizehn Männer und zwei Frauen in Kampfanzügen ihre wirklich fetten Wummen auf mich abgefeuert hätten. Das klingt vielleicht übertrieben, aber mindestens einer hätte garantiert den finalen Rettungsschuss abgegeben. Da bin ich mir sicher.

Schließlich hielten sie mich für einen bis unter die Zähne bewaffneten Verrückten oder besser gesagt: für einen durchschnittlich scheinenden, aber in Wahrheit brandgefährlichen Jungen, der einen Amoklauf vorbereitet. Um genau zu sein, war die Tat angeblich für den 6. August 2022 geplant. Das ist natürlich Quatsch. Nichts war geplant, jedenfalls nicht von mir.

Ich sage es noch einmal in aller Deutlichkeit: Ich habe absolut nichts damit zu tun.

Wenn jemand ohne Plan ist, dann ich. Celia sagt das. Meine Lehrer sagen das. Liz und Archie sagen das auch, wobei sie mich prinzipiell in Schutz nehmen. Familie hält erst einmal zusammen, immer. So sehen sie das, und ich bin froh darüber.

Special Agent Rosalind Casey, die später in den Verhören den Good Cop spielte, lag mit allem falsch, was sie mir vorwarf, auch wenn die Beweise, die sie mir vorlegte, so eindeutig waren, dass ich selbst schon anfing, den ganzen Mist zu glauben.

Ich gebe zu, dass wahrscheinlich jeder potenzielle Amokläufer alles abstreiten würde. Und genau dafür hielten sie mich. Nirgendwo auf der Welt ist es cool, wenn du mit einem Amokschützen verwechselt wirst, aber ganz besonders in den Vereinigten Staaten von Amerika solltest du keinen Cop auf so eine Idee bringen.

Klar ist, dass sie mich eigentlich in Anwesenheit meiner Eltern verhaften wollten und wahnsinnig schlau taten. Aber dass die ausnahmsweise mal früher aus dem Haus gehen würden, wussten sie dann doch nicht.

Samstags öffnen meine Eltern im ziemlich überschaubaren Zentrum von York ihren Coffeeshop mit köstlichen veganen Frühstücksangeboten und Snacks später als wochentags. Aber an diesem Samstag vor dem großen Schulfest mussten noch die Kuchen gebacken werden, die dann die anderen Moms als ihre eigenen ausgeben würden. Ja, genau das Schulfest, das ich beabsichtigte in die Luft zu jagen, wenn man Special Agent Rosalind Casey und ein paar weiteren Leuten bei der Bundespolizei glauben wollte.

Federal Bureau of Investigation (FBI)
Außenstelle Omaha

4411 South 121st Court
Omaha, NE 68137-2112
Nebraska | USA

Samstag, 6. August 2022 | 10:00 Uhr

Rosalind Casey war hundemüde und gleichzeitig hellwach. Für die Vorbereitung dieses Zugriffs hatten sie kaum Zeit gehabt. Die entscheidenden Hinweise hatten sie erst vor wenigen Tagen erhalten. Danach brauchte es immerhin vier Tage, um die Zielperson zu identifizieren und sicherzustellen, dass die Beweise gegen den Jungen absolut wasserdicht waren. Vier Tage. Da konnte viel passieren, viel durchsickern und vielleicht ging die Bombe dann am dritten Tag hoch und kostete fünfzig oder mehr Menschen das Leben.

Um Punkt 6:30 Uhr war der Zugriff erfolgt und es war ihnen gleich der erste Stein in den Weg gerollt: Die Eltern des Jungen hatten das Haus an diesem Tag aus irgendeinem Grund früher verlassen.

So ein Fehler durfte nicht passieren. Außerdem machte es Rosalind nervös, dass sie nicht herausfinden konnten, wer ihnen die Filme der Überwachungskameras zugeschickt hatte.

Anonym zugespielte Beweismittel bargen immer ein

Risiko. Man konnte mittlerweile in jedem App-Store Programme downloaden und mit dem Smartphone die Miene seines ärgsten Feinds ins Gesicht eines Warzenschweins übertragen und es sah aus, als sei das Warzenschwein genau mit diesem Gesicht zur Welt gekommen. Einen Film täuschend echt zu manipulieren, war etwas schwieriger, aber für halbwegs fitte Leute an der Tastatur auch kein echtes Problem.

»Bist du ganz sicher, dass es kein Deepfake ist?«, hatte Rosalind am Mittwoch zuvor den Spezialisten zur Aufspürung von gefälschten Video- und Audiodateien mindestens fünfmal gefragt.

Richie hatte fünfmal dieselbe Antwort gegeben: »So sicher, wie man sich sein kann in unserer Branche.«

Die Echtheit der Daten, die angeblich vom Laptop des Jungen stammten, konnte Richie nicht garantieren. Dafür brauchten sie das Laptop.

Richie war einer der Besten auf seinem Gebiet. Er hatte mit knapp zwanzig Jahren als milchgesichtiger Trainee in der Außenstelle von Omaha begonnen und sich seitdem nie wieder von dort wegbewegt – außer zum Schlafen. Angenommen hatte das FBI ihn damals nur, weil er sich vorher in den Server des Büros gehackt hatte, was alle für unmöglich gehalten hatten.

Seit diesem Tag saß er im zweiten Tiefkeller der South 121st Street, holte sich mittags seinen Chickenburger im *Buffalo Wings & Rings* um die Ecke und starrte auf seine fünf Monitore, sein Tablet und seine drei Smartphones. Meistens auf alles gleichzeitig.

Nun saß dieser Junge aus Waco im Verhörraum auf einem der abgewetzten Stühle aus grünem Plastik, auf denen einem schon nach einer Viertelstunde die durchgeschwitzte Hose am Hintern klebte. Ganz besonders, wenn einen kurz zuvor ein SWAT-Team mit vorgehaltenen Waffen aus seinem Zimmer geholt hatte.

Rosalind blätterte noch einmal in der Akte: Als Geburtsdatum war der 8. Dezember 2009 eingetragen, aber da der Junge ein Findelkind war, konnte man davon ausgehen, dass er vielleicht auch ein paar Tage vorher auf die Welt gekommen war. Archibald und Elizabeth Coleman hatten ihn gefunden und adoptiert. Er ging derzeit auf die York High School, durchschnittlicher Schüler, aktiver Boyscout, Fußballspieler, Ferienjob in der Küche des Seniorentreffs. So weit, so unauffällig. Außer einer Zwille keine Waffen im Haus, in dem sie so ziemlich alles einmal umgedreht hatten.

Ohne die Eltern oder einen Anwalt durften sie den Jungen nicht befragen. Sie konnten sonst anschließend nichts davon als Beweis verwenden, der Fall wäre für die Staatsanwaltschaft vielleicht schon verloren, bevor er überhaupt aufgenommen worden war.

Andererseits musste sie den Vorteil, ihn überrumpelt zu haben, nutzen. Wenn er sich allzu lange an die neue Situation gewöhnen konnte, legte er sich vielleicht eine Verteidigungsstrategie zurecht.

Er hatte die ganze Zeit zusammengesunken dagesessen, jetzt hob er den Kopf und schaute direkt in die Kamera, über die Rosalind ihn beobachtete. Die Agentin drückte eine Taste auf dem Pult vor ihr und zoomte das Gesicht ihres Verdächtigen heran.

Durchschnitt.

Völlig harmlos.

Ein amerikanischer Teenager der unteren Mittelschicht.

Ein potenzieller Massenmörder.

Wirklich?

Rosalind Casey beschlich ein ungutes Gefühl.

Ihr Partner betrat den abgedunkelten Raum. Peter Gionelli, von allen nur Gio genannt, schob eine intensive Duftmarke vor sich her: süßliches Rasierwasser und Zwiebeln, von beidem zu viel.

»Das ist also der kleine Mistkerl?«, fragte Gionelli.

Rosalind nickte. »Haben wir das Laptop?«

»Schon bei Richie abgeliefert. Das Material ist drauf, er muss es nur ordnungsgemäß sichern, sonst heißt es am Ende, wir hätten ihm was untergeschoben«, sagte Gionelli.

»Dann beginnen wir mit den Videos.« Rosalinds Magen knurrte. Es war mittlerweile kurz nach zehn Uhr. Sie hatte am Mittag zuvor die letzte Mahlzeit zu sich genommen.

»Den mache ich dir in zehn Minuten weich«, sagte ihr Kollege.

»Solange er keine Verletzungen davonträgt, soll mir das recht sein«, murmelte Rosalind.

Gionelli hatte bereits die Hand um den Knauf der Tür gelegt, die zu einem Zwischenraum führte. Von dort aus konnte man durch eine zweite Tür das eigentliche Verhörzimmer betreten. Die Türen blockierten sich gegenseitig.

Solange die eine nicht ins Schloss gefallen war, ließ sich die andere nicht öffnen. Diese Schleuse gehörte zu den vielen Sicherheitsmaßnahmen, die es im gesamten Gebäude gab.

»Warte«, hielt Rosalind ihren Partner zurück.

»Was denn?«, fragte Gionelli ungeduldig, aber eigentlich wusste er, dass Rosalind ihm die Sache nicht überlassen würde. Er zog die Hand zurück. »Ich mache das selbst. Du kennst den Ärger, den wir kriegen können, wenn wir ihn ohne eine Betreuungsperson befragen.« Rosalind schnappte sich die Akte des Jungen und schob Gionelli zur Seite.

Beim Betreten des Raums zeigte der Junge keinerlei Reaktion.

Rosalind hatte in ihren Jahren beim FBI eine Unzahl solcher und ähnlicher Gestalten auf diesen Plastikstühlen sitzen sehen. Menschen jeden Geschlechts, jeden Alters, aller Hautfarben. Bitterarme, reiche, harmlose, verzweifelte, eiskalte und echt miese Typen waren darunter gewesen. Viele, die sie gerne in den Knast gebracht hätte, die aber leider unschuldig waren.

Herausfinden, ob jemand schuldig war oder nicht, das sollte eigentlich ihre Aufgabe sein. Als junge Anwärterin hatte sie das noch geglaubt, aber dann war ihr schnell klargemacht worden, was sie wirklich tun sollte: jemandem die Tat nachweisen. Hieb- und stichfest. Egal, ob er sie begangen hatte oder nicht. Klar, im Idealfall sollte es den Richtigen treffen. Aber in erster Linie ging es darum, dem Staatsanwalt eine geschlossene Beweiskette vorzulegen, in der auch die ausgebufftesten Anwälte in ihren teuren Anzügen keine Lücke fanden.

In den Serien auf Netflix wussten die Ermittler meistens schon beim Betreten des Verhörraums, wer etwas auf dem Kerbholz hatte oder ein schmutziges kleines Geheimnis hütete, das vielleicht nichts mit dem Fall zu tun hatte. Das war Quatsch.

Dieser Kerl hier konnte alles sein: ein harmloser Bengel oder der Typ, der plante, seine Schule zum Schauplatz eines Massakers zu machen. Ein mieser Spanner, der seinen Mitschülerinnen heimlich die Smartphone-Kamera unter die Röcke hielt. Oder Mamas Liebling, der sonntags das Frühstück für die Familie machte.

In seiner Jogginghose und dem schmuddeligen blauen T-Shirt erinnerte er Rosalind an ihren Jüngsten. Er trug weiß-blau gestreifte Badeschlappen und links eine ehemals weiße Sportsocke. Der rechte Fuß steckte nackt in der Schlappe. Die Füße eines Jungen, nicht die eines Mannes. Irgendwie konnte man das unterscheiden.

Er blickte auf.»Ich sage kein Wort ohne meine Eltern.«

Rosalind lächelte. Er hatte auch diese Netflix-Serien geschaut.

»Ich bin Agent Rosalind Casey und ich habe dich nach nichts gefragt.« Sie nahm den zweiten Stuhl, drehte ihn und setzte sich rittlings darauf, stützte die Unterarme auf die Lehne.»Ich zeige dir einfach nur ein paar Filme, dann kannst du dich schon einmal darauf einstellen, was auf dich zukommt. Du bist nicht dumm, Junge. Stimmt's? Ich habe in deinem Zimmer eine Menge Bücher gesehen, good boy, habe ich gedacht, so einen wünschst du dir auch, einen mit Büchern. Meine Jungs hatten immer nur Baseball im Kopf.«

»Ich spiele Fußball«, sagte er.

»Ich sag's doch. Du bist besonders«, antwortete Rosalind und gab sich Mühe, diese Worte im ausreichenden Maße unbestimmt klingen zu lassen. Dann drückte sie die Play-Taste auf der Fernbedienung, die sie mitgebracht hatte. Sie hatte die Aufnahme bis zu der Stelle vorgespult, an der der Betrachter in den Lauf der Waffe schaut.

Tonbandprotokoll

Asservaten-Nr.:   KxCV|13–534v
Aufnahmegerät: Revox A77 MkIV
                      (Baujahr 1978)
Transkription: Lucas Butler (lb)

Ich hoffe sehr, dass jemand diese Tonbänder findet und so ein Gerät besitzt, um sie anzuhören. Eigentlich könnte es mir auch egal sein, aber ich will, dass jemand meine Version dieser Geschichte erfährt. Und dass eine ganze Menge von dem, was man sich über mich vielleicht erzählt, einfach nicht stimmt oder zumindest ganz anders war. Da ich nicht weiß, wem die Tonbänder in die Hände fallen, sollte ich vielleicht erklären, wie die Dinger funktionieren. Es ist ein viereckiger Kasten, ungefähr so groß wie ein PC-Gehäuse. Es gibt ein paar Knöpfe und Schalter und zwei runde Spulen. Auf einer ist das gewickelt, was dem Gerät den Namen gibt: ein ungefähr ein oder zwei Zentimeter breites Band. Wenn du das Gerät einschaltest, rotieren die Spulen und das Band wird von einer auf die andere Rolle gewickelt. In der Mitte sitzen die Tonköpfe, die aufnehmen, was du in ein Mikrofon sprichst. Zum Glück steckte in der Seitentasche des Gerätekoffers eine Bedienungsanleitung. Eine altmodische Angelegenheit, und diese Bänder sind einigermaßen empfindlich, aber es funktioniert und klingt sogar ganz gut.

Der Typ, dem das Haus gehört, hat Tierstimmen damit aufgenommen, Vögel und Frösche und alle möglichen anderen Geräusche drüben an dem kleinen See, der jetzt aber total zugefroren ist. Echt schräg, es gibt unzählige von diesen Bändern, aber eine menschliche Stimme habe ich bisher auf keinem gefunden. Zum Glück sind darunter auch noch einige unbespielte Bänder. Sieben, um genau zu sein, die benutze ich jetzt. Der Typ war ziemlich sicher ein komischer Kerl, na ja, vielleicht kein Verrückter, aber zumindest eigenartig. Sehr. Er hat hier allen möglichen Kram versteckt. Mangel an Streichhölzern habe ich zum Beispiel nicht mehr, die hatte er in einer Regentonne gebunkert, die hinten im Schuppen stand.

Die Tonne ist aus wirklich stabilem Plastik und hat einen luftdichten Verschluss. Es sind lauter Sachen drin, die man zum Überleben braucht, und ein Handbuch vom Katastrophenschutz. Vielleicht will er sie ja noch vergraben.

Ich glaube, der Typ ist so ein Prepper, der auf alles vorbereitet sein will. Ich bin heilfroh, weil mir die Sachen jetzt sehr helfen. Es war sogar Schokolade drin, schmeckt ein bisschen muffig, macht aber trotzdem froh, wenn du abends den Blues kriegst und heulen möchtest. Die Kurbeltaschenlampe habe ich jetzt immer bei mir.

Für das Tonband braucht man allerdings Strom und das ist ein Problem. Es gibt hier nämlich keinen richtigen Stromanschluss, nur so eine Art Akku oder eine große Batterie, die man wiederaufladen kann. Bei gutem Wetter mache ich das mit der Solaranlage, ansonsten steht in der

Scheune noch ein Generator, der mit Diesel betrieben wird. Von dem wiederum habe ich aber nur ein paar Kanister gefunden (es sei denn, der Typ hat noch so ein Lager wie für die Streichhölzer). Außerdem macht das Teil ordentlich Radau und ich will nicht, dass jemand auf mich aufmerksam wird. Im Moment ist der Akku noch halb voll, weil gestern die Sonne ein paar Stunden geschienen hat. Ich muss sparsam damit umgehen.

Also, ich mache mir jetzt einen Tee und dann geht es weiter.

[Unterbrechung]

Hier ist mehr los als am Times Square in New York. Ich hatte ein seltsames Geräusch gehört, bin schnell raus, aber da war nichts zu sehen. Trotzdem hab ich gleich alles verdunkelt, sogar das Feuer im Kamin hab ich gelöscht, den Rauch sieht man sonst meilenweit. Aber alles kühlte sofort aus und der Akku verträgt auch keine Kälte. Er war schneller leer als früher mein Smartphone. Dann habe ich mich auf das Sofa mit den Felldecken verkrochen, bin eingepennt und nach meiner Dose Ravioli hatte ich keinen Bock mehr. Jetzt sind eine ganze Nacht und ein halber Tag vergangen. Draußen ist es noch kälter, aber dafür scheint die Sonne so sehr, dass ich es gewagt habe, die Solaranlage volle Pulle laufen zu lassen, um Badewasser heiß zu machen.

Also, ich war bei der Frau vom FBI stehen geblieben. Diese Agentin wirkte nicht wie so ein scharfer Hund, wie man sie aus allen möglichen Filmen kennt. Aber mir war sofort klar, dass sie es draufhat. Als sie das Video startete, schaute ich zum zweiten Mal an diesem Tag in den Lauf einer Waffe, dieses Mal nur nicht live.

Es handelte sich um ein Überwachungsvideo und jemand hielt ein Gewehr in die Kamera. Die Mündungsöffnung war wie ein schwarzer Schlund, der die Linse des Geräts verschlucken wollte. Je mehr vom Bild freigegeben wurde, desto besser konnte man erkennen, wo die Aufnahme gemacht worden war: Im Hintergrund wurden Handfeuerwaffen über die gesamte Breite einer Wand in verschlossenen Glasvitrinen präsentiert. Links war ein Regal mit Schrotflinten zu sehen, rechts die halbautomatischen Gewehre. Ein Waffenladen also.

Eine Waffe hielt ich in der Hand. Eine richtig fette Wumme.

Verdammt.

Ich.

Das ist ein schlechter Witz.

Ich hasse Waffen.

Das war im Moment jedoch nicht wichtig. Ich hatte eine erste Ahnung, dass etwas ganz und gar nicht in Ordnung war. Vielleicht hatte es mit diesem Besuch vor ein paar Tagen zu tun, über den ich bisher zu niemandem ein Wort verloren hatte. Nicht einmal gegenüber Celia. Ich hielt auch jetzt den Mund. Ich würde mich nur noch tiefer in den Dreck reiten, dachte ich. Wahrscheinlich war das im Nachhinein gesehen ein Fehler.

»Das ist in York«, sagte die Agentin. »Kennst du *Spoon & Hollingfield* an der Lincoln Avenue? Ein Laden mit Tradition, seit 1897 am selben Ort, der Urgroßvater des jungen

Hollingfield ist sage und schreibe 109 Jahre alt geworden und hat bis zu seinem letzten Tag im Laden gestanden.«

Sie hatte das Video gestoppt. Das eingefrorene Bild zeigte mich. Mit einem Mordsteil von einem Gewehr. Raff Myers aus meiner Klasse hätte wahrscheinlich sofort sagen können, um was es sich bei der Knarre handelte und ob man damit ein Nashorn zur Strecke bringen oder nur Krähen vom Himmel holen kann. Er stand auf Waffen, wie fast alle hier. Unser Haus war wahrscheinlich das einzige im ganzen County, in dem man keine Waffe finden konnte. Liz und Archie setzen ihren Namen unter jede Initiative gegen den privaten Waffenbesitz in unserem Bundesstaat.

»Mister Hollingfield junior war es sehr peinlich. Er hält sich an die Regeln und behauptet, dass er dir das AR-15 nur in die Hand gegeben hat, weil du so drum gebettelt hast.«

»Ich habe so ein Ding noch nie angefasst«, flüsterte ich.

Rosalind Casey ließ das Video weiterlaufen. »Das sieht hier aber anders aus«, sagte sie und ich musste ihr insgeheim recht geben.

Der Junge auf dem Überwachungsvideo sah aus wie – ich. Daran gab es keinen Zweifel. Ich konnte mich dabei beobachten, wie ich ein halbautomatisches Sturmgewehr bewunderte, dann damit auf die Kamera zielte und so tat, als feuere ich eine Salve auf das Gerät ab.

Eine Erklärung für das, was ich da sah, hatte ich nicht. Bevor ich etwas sagen konnte, öffnete jemand die Tür des Verhörraums.

Charlie Gibbons schob zuerst einen Aktenkoffer aus schwarzem Leder mit messingglänzenden Verschlüssen in den Raum und dann sich selbst. Charlies Kampfgewicht beträgt sicher anderthalb Zentner, weshalb er bei manchen Türen aufpassen muss, dass er nicht stecken bleibt. Hinter ihm erkannte ich meine Eltern im Dunkel des Zwischenraums.

»Halt den Mund, Bo!«, befahl Charlie mit seiner immer etwas atemlosen und gequetschten Stimme. »Ich bin der Anwalt des Jungen«, wandte er sich an die Polizistin. »Und ich muss Ihnen sicher nicht erklären, dass diese Befragung unzulässig ist.«

»Keine Befragung.« Rosalind Casey hob abwehrend die Arme und zeigte dem kleinen dicken Mann beide Handflächen. »Wir haben nur ein bisschen geplaudert.«

»Dann ist das, was Sie ihm da vorspielen, kein Beweismaterial?«, fragte Gibbons und nickte zu dem Bildschirm hinüber, auf dem ich mit einem Sturmgewehr in den Händen zu sehen war.

»Mister – « Casey stockte.

Charlie zückte eine Visitenkarte aus der Westentasche seines jetzt schon durchgeschwitzten Anzugs und reichte sie der Polizistin. Ich hatte Charlie noch nie in diesem Outfit gesehen. Wenn er morgens seinen Kaffee mit Hafermilch und Vanillesirup im Coffeeshop meiner Eltern holte, trug er immer T-Shirts, aus denen man einen Fallschirm nähen konnte, und dazu Jogginghosen. Er hätte fast mein älterer Bruder sein können, so schnell hatte er sein Jurastudium absolviert und die Lizenz als Anwalt bekommen. Sein speckiges Gesicht trug noch dazu bei, dass die Leute ihn meistens nicht ernst nahmen.

Ob Special Agent Casey das tat oder nicht, weiß ich nicht. Auf jeden Fall blieb sie ruhig, rief noch einen zweiten Cop herein, der sich als Peter Gionelli vorstellte und unangenehm roch. Die Agentin leierte alle Formalitäten herunter und spielte dann das Video noch einmal ab.

»Bist du das?«, fragte sie mich anschließend.

»Mein Mandant macht keine Aussage, bevor wir nicht wissen, um was es hier geht«, sagte Charlie.

Mandant.

Jetzt war ich ein Mandant. Kein Zeuge. Sondern einer, den man als Verdächtigen befragt. Vielleicht bald einer, den man als Täter verhört. Aber ich hatte nichts getan.

Charlie Gibbons fixierte mich mit seinem Blick. »Hast du das kapiert, Junge? Kein einziges Wort, nicht einmal einen Furz lässt du, okay? Wenn ich nicht dabei bin, schon gar nicht.«

»Es ist nicht strafbar, in einem Waffenladen so ein Ding in der Hand zu halten«, sagte Pa. Er machte ein Gesicht, als habe er in einen Haufen Hundescheiße getreten. Seine Abneigung gegen Waffen saß wirklich tief. Ich glaube, ihm wäre es lieber gewesen, ich wäre beim Klauen im Supermarkt erwischt worden als mit einem solchen Gerät, auch wenn es dreimal nicht verboten war.

»Was werfen Sie unserem Jungen eigentlich vor?«, fragte Mom.

»Das«, sagte Peter Gionelli und startete ein weiteres Video.

Federal Bureau of Investigation (FBI)
Außenstelle Omaha

4411 South 121st Court
Omaha, NE 68137-2112
Nebraska | USA

Samstag, 6. August 2022 | 11:30 Uhr

Peter Gionelli genoss solche Augenblicke, das wusste Rosalind Casey. Sein Gehabe bei Verhören nervte sie, aber gemeinsam waren sie ein gutes Team. Gerade weil er das Abziehbild eines TV-Ermittlers gab, lockte er Verdächtige oft in die Falle. Sie hatten dann das Gefühl, zu wissen, was als Nächstes passierte und wie sie darauf reagieren mussten, weil sie all das schon zigmal bei CSI New York oder sonst welchen Serien gesehen hatten. Das machte sie unvorsichtig und schon waren sie reif für die Manöver eines echten Verhörbeamten. In diesem Fall brauchte sie allerdings sowieso keine Tricks. Die Beweise waren erdrückend. Sie mussten nur irgendwelche Verfahrensfehler vermeiden, aber das gehörte zum Standard.

Die Szene, die von den Kameras im nächsten Video festgehalten worden war, stand ihnen in zwei Perspektiven zur Verfügung. Die Abholung der Tageseinnahmen in einem so großen Einkaufscenter wurde aus gutem Grund sehr genau überwacht.

Gionelli konnte zwischen den Aufnahmen der beiden Überwachungskameras hin und her schalten. Er begann mit einer Sicht vom Parkplatz auf die hintere Fassade des Supermarkts. An einer Rampe wartete einer der gepanzerten weiß-blauen Lieferwagen der Firma *SePro* mit dem Piktogramm eines Vorhängeschlosses in der Mitte.

Von der Straße bog ein schwarzer Pick-up auf den Parkplatz. Ein auffälliges Flammenmuster zog sich über die ganze Seite des Wagens. Er fuhr einmal durchs Bild, verschwand kurz und kehrte zurück. Nun blieb er direkt hinter dem Geldtransporter stehen. Man konnte erkennen, wie der *SePro*-Fahrer in seiner gesicherten Kabine einen prüfenden Blick in den Rückspiegel warf.

»Das war der erste Akt unseres kleinen Schauspiels«, sagte Gionelli.»Und der zweite folgt sogleich.«

Gionelli schaltete auf die Aufnahme der zweiten Kamera um. Sie zeigte dieselbe Szene aus der Gegensicht, vom Gebäude aus.

Der Pick-up war mit vier Personen besetzt, wie man nun gut erkennen konnte. Sie zogen sich Sturmhauben über das Gesicht, dann stiegen sie aus. Der Beifahrer hielt etwas in der Hand.

Im selben Moment verließen zwei Geldboten das Gebäude. Einer trug zwei Geldkassetten, der andere ein halbautomatisches Gewehr quer vor dem Oberkörper. Er schaute nach links und rechts, erblickte die vermummten Personen.

Jetzt erkannte man, was der Beifahrer aus dem Pick-up in der Hand hielt: eine Waffe. Er zielte damit auf die Männer von *Security & Protection*.

Rosalind stoppte das Band.»Was sagst du dazu?«, fragte sie den jungen Mann am Tisch.

Er zeigte keinerlei Reaktion.

»Nichts sagt er dazu«, antwortete stattdessen der Anwalt des Jungen.»Vier Personen begehen ein ohne Zweifel schändliches Verbrechen. Oder versuchen es zumindest.«

»Keine Sorge, es bleibt nicht beim Versuch«, sagte Agent Gionelli. Er drückte wieder die Play-Taste.

Die Betrachter wurden Zeugen, wie die vier Vermummten die Sicherheitsleute weiter bedrohten, ein Wortwechsel folgte. Der Wachmann gab auf und wurde seiner Waffe beraubt, dann übergab sein Kollege die Geldkoffer. Die Räuber sprangen mit ihrer Beute in den Dodge und brausten davon.

»Ich würde sagen, das bezeichnet unser Strafrecht als schweren bewaffneten Raubüberfall«, sagte Gionelli.»Damit verschwindet ein Täter für viele Jahre im Knast, jedenfalls wenn das Urteil von einem Erwachsenengericht gefällt wird.«

»Unser Junge ist nicht einmal vierzehn Jahre alt«, sagte Elizabeth Coleman.

»Liz, bitte«, warnte der Anwalt.

»Wir befinden uns in Nebraska«, sagt Rosalind Casey. »Das Gesetz dieser Bundestaates kennt in solchen Fälle keine Mindestaltersgrenze.«

»Zuerst einmal würde ich gerne wissen, warum wir hier im Keller einer FBI-Dienststelle sitzen«, sagte Charlie Gibbons.

Aha, dachte Rosalind, er geht zum Angriff über. Zuständigkeit. Das würde nun kommen.

»Ein Überfall auf einen Supermarkt in einem Kaff in Nebraska dürfte wohl kaum in Ihre Zuständigkeit fallen«, bestätigte der Anwalt ihre Vermutung. »Haben Sie irgendeinen stichhaltigen Beweis, dass es sich bei der vermummten Person um meinen Mandanten handelt? Halten Sie ihn fest, weil ein AR-15 im Spiel war und der Typ auf dem Video ähnliche Klamotten trägt? Wissen Sie, wie viele von solchen Knarren in diesem Bundesstaat unter irgendwelchen Betten liegen? Und die Klamotten tragen in den Staaten wahrscheinlich ein paar Millionen Jungs und Mädchen mit ähnlicher Statur.«

»Das ist ganz einfach, Mr Gibbons«, sagte Rosalind. »Wir gehen davon aus, dass diese Tat zur Vorbereitung eines terroristischen Anschlags diente. So viel zur Zuständigkeit unserer Behörde. Und dann haben Sie den wichtigsten Teil dieser wunderschönen Videodokumentation noch nicht gesehen. – Agent Gionelli, bitte?«

Der Angesprochene spielte eine weitere Video-Datei ab. Hier war wieder der Pick-up zu sehen, eingefangen von der Kamera eines US-Cellular-Shops, der mit den neuesten Smartphones und supergünstigen Mobilfunk-Tarifen warb. Der Pick-up stoppte an der Ecke West 5th Street und Nördliche Lincoln Ave unweit des York County Court House, eines geradlinigen Gebäudes aus rotem Backstein.

»Laut Zeitstempel wurde diese Aufnahme genau acht Minuten nach dem Überfall gemacht«, sagte Rosalind Casey.

Die Insassen des Wagens waren deutlich zu erkennen,

die Sturmhauben hatten sie abgezogen. Sie schienen in allerbester Stimmung zu sein. Der Beifahrer wischte sich mit einem Halstuch den Schweiß von der Stirn und pfefferte das Tuch dann in einen Mülleimer am Straßenrand.

»Ein heißer Tag im August«, sagte Casey belanglos dahin.

»Grund für gute Laune haben sie«, sagte Gionelli. »In den Geldkoffern dürfte sich ungefähr eine Viertelmillion Dollar befunden haben.«

Rosalind blätterte in ihren Notizen und sagte: »Um genau zu sein: Es waren 241 378 Dollar.«

In dem Video stieg der Beifahrer aus und schaute direkt in die Kamera. Gionelli drückte die Pausentaste.

Liz Coleman stieß einen spitzen Schrei aus.

Der Anwalt seufzte tief.

»Bo, zum Teufel«, murmelte Archie Coleman.

»Ziemlich frech«, sagte Peter Gionelli. »Vor dem Gerichtsgebäude des Countys nach einem Raubüberfall mal kurz eine Rast einlegen. Das muss man erst einmal bringen, Junge. Wolltest du dir einen Überblick verschaffen, wie es an dem Ort aussieht, wo sie dir den Prozess machen werden?«

Boston Coleman hatte sich die ganze Zeit nicht gerührt. Es war nicht einmal klar, ob er sich die ganzen Vorführungen von mehr oder minder scharfen Aufnahmen angesehen hatte.

Rosalind hatte eine Menge Erfahrung mit widerspenstigen Teenagern. Sie hatte vor ihrem Job beim FBI als Sozialarbeiterin in einer Wohngruppe für junge Ausreißer gearbeitet. Diese Kids waren die beste Schule, um ein Gespür dafür zu entwickeln, ob und wann einer versuchte, sie an der Nase herumzuführen.

Rosalinds Augen blieben starr auf Boston Coleman gerichtet. Der Junge erwiderte den Blick. Er hielt ihm stand. »Ich bin das nicht«, sagte er dann.

Sie sah alles Mögliche in den dunklen Augen, deren Pupillen sich zu stecknadelkopfgroßen Punkten zusammenzogen. Darin stand Angst geschrieben, Verzweiflung, Unverständnis, Panik. Aber keine Lüge. Obwohl es eine Lüge sein musste. Es gab nur zwei Möglichkeiten: Sie täuschte sich und er war doch der Junge auf dem Video. Oder ihr Computerfreak Richie hatte einen Fehler gemacht und das Ganze war ein Fake.

»Du warst das nicht?«, fragte Rosalind. Sie schaute ihren Kollegen an, dann den Anwalt und schließlich die Eltern des Jungen. »Wen sehen Sie denn da?«, fragte sie. Ihr Tonfall ließ keinen Zweifel daran, welche Antwort sie erwartete. »Hast du vielleicht einen Zwillingsbruder?«

»Wir haben keine Informationen über mögliche Geschwister«, sagte Bostons Mutter. »Er ist ein Findelkind.«

»Das wissen wir«, sagte Peter Gionelli. »Wir haben uns Ihren Sohn ziemlich genau vorgenommen, schon vor der Festnahme. Wir wissen – «

Rosalind unterbrach ihren Kollegen mit einer unauffälligen Geste.

»Was wissen Sie?«, fragte der Anwalt.

Rosalind reagierte nicht auf die Frage.

»Ich war da nicht«, sagte Boston Coleman. Er suchte den Blick seines Vaters. »Pa, guck dir das Datum an.«

Archibald Coleman kniff die Augen zusammen, konnte aber den Zeitstempel am unteren Rand des Standbilds nicht entziffern. »Hast du meine Brille?«, fragte er seine Frau. Liz Coleman schüttelte den Kopf.

Der Anwalt las das Datum vor: »22. Juli, sechs Uhr nachmittags.« Er schaute fragend in die Runde.

Mr Coleman atmete laut ein. »Das Camp«, seufzte er und stieß erleichtert die Luft aus.

»Das Camp«, wiederholte Bostons Mutter ebenso befreit.

»Welches Camp?«, fragte Charlie Gibbons irritiert.

Liz Coleman kramte ihr Smartphone aus der Tasche und scrollte durch die Fotos. Nach einiger Zeit fand sie das gesuchte Motiv und hielt es zuerst Rosalind Casey und dann ihrem Kollegen hin.

»Ein Barbecue?«, fragte Peter Gionelli. Er verstand nicht recht, was er mit dem Foto anfangen sollte.

»Mit zweihundert Pfadfindern«, sagte Archie Coleman. »Und mit Josh Miles. Sheriff Josh Miles.«

»Am 22. Juli war ich mit meiner Boyscout-Gruppe im Zeltlager«, sagte Boston. Man hörte auch ihm die Erleichterung an. »In Springfield, oben am Missouri. Um diese Zeit begann das Barbecue und anschließend die Verleihung des Eagle Scouts.«

»Es gibt einen Bericht darüber auf der Website von Springfield News Break«, sagte Liz Coleman. »Boston kann auf keinen Fall in York gewesen sein. Das sind über hundertfünfzig Meilen.«

Ohne ein weiteres Wort verließen die FBI-Beamten den Verhörraum.

»Er hat ein verdammtes Alibi«, zischte Peter Gionelli. »Das ist unmöglich.«

»Besorg mir diesen Bericht«, befahl Rosalind Casey. Sie selbst zückte ihr Smartphone und suchte nach der Telefonnummer des Sheriffbüros in York. »Könnte ich Sheriff Miles sprechen?«, blaffte sie in den Hörer.

Tonbandprotokoll

Asservaten-Nr.:   KxCV|13–534v
Aufnahmegerät: Revox A77 MkIV
                             (Baujahr 1978)
Transkription: Serena Eastwood (se)

Ich habe jetzt ein paar Tage nichts aufgenommen, weil es mir nicht gut ging und ich auch einige Zeit keinen Strom hatte. Und heute ist auch schon Weihnachten, das glaube ich jedenfalls. Ich hoffe, ich bin mit den Tagen nicht durcheinandergekommen. In der Küche hängt ein uralter Kalender, auf dem streiche ich die Tage ab, so behalte ich ein bisschen die Orientierung. Man verliert in dieser Einsamkeit das Zeitgefühl.

Weihnachten.

Vor ein paar Tagen habe ich beim Herumstöbern einen Schuhkarton gefunden, oben auf dem kleinen Speicher über dem Kinderzimmer.

Sonderbar, dass jemand in dieser von Gott und allen guten Geistern verlassenen Gegend ein Haus baut und auch ein Kinderzimmer einrichtet. Kinder haben hier sicher schon seit Ewigkeiten nicht mehr gewohnt.

In einem Regal stand dieser Schuhkarton. Er enthielt ein paar aus Holz geschnitzte Figuren, dazu sechs rote, schon fast blinde Weihnachtsbaumkugeln, von denen mir eine beim Auspacken zwischen den Fingern zersprang. Die

Strohsterne waren nicht mehr zu retten und die vier kleinen Halter für Kerzen, die man mit Klipsen an die Äste stecken kann, sind mit Rost überzogen. Immerhin steckten noch fingerbreite Stümpfe aus rotem Wachs darin.

Ich habe eine kleine Kiefer von draußen in einen zerbeulten Eimer aus Blech neben den Kamin gestellt und mit den paar traurigen Sachen geschmückt.

Ich mag Weihnachten, so mit Plätzchen und mit Lichtern im Haus und im Garten. Und einem großen Baum, einem echten natürlich, keinem aus Plastik. Ich habe am allerlängsten daran geglaubt, dass Santa durch den Schornstein rutscht und der Schlitten mit den Rentieren oben auf dem Dach wartet.

Nur in der Schule hab ich so getan, als wüsste ich, dass das nicht stimmt. Ich hab die Kleinen in der Klasse drunter ausgelacht und gehofft, dass Santa es nicht hört, weil er sonst vielleicht an unserem Schornstein vorbeifährt.

[lacht]

Alter, du bist ein hoffnungsloser Fall.

[singt zur Gitarre]

Rudolph, the red-nosed reindeer

Had a very shiny nose.

And if you ever saw him,

You would even say it glows.

[schluchzt, unverständlich]

They never let poor Rudolph

Play in any reindeer games.

Verdammt, Boston, hör auf mit der Heulerei, hör auf damit. Das bringt nichts. Früher war ich total gerne alleine, aber jetzt bin ich schon ein paar Wochen ganz auf mich gestellt. Wie viele es genau sind? Da bin ich mir nicht sicher. Direkt nach meiner Ankunft ging es mir nicht gut, weil ich hohes Fieber hatte. Da könnte einige Zeit vergangen sein, die ich mehr oder weniger durchgepennt habe. Die Zeit danach war verdammt schaurig, Grusel pur. Kein Auge habe ich nachts zugemacht, weil es der Hammer ist, was es alles an Geräuschen in so einem Wald gibt. Du denkst, du bist alleine und weit und breit ist nichts. Und du glaubst, wo keiner ist, kann es auch keinen Lärm geben, aber da vertust du dich. Meterhoher Schnee, keine Menschenseele, aber ein ständiges Knacken und Krachen und Poltern. Ein endloses Gejaule und so etwas wie Vogelgeschrei und du fragst dich, was machen die hier bei zwanzig Grad unter null? Und sind es überhaupt Vögel? Oder irgendwelche Monster, die darauf warten, dass du dich nach draußen wagst?

Keine Ahnung zu haben, wie lange es dauern wird, ist ein fieses Gefühl. Wenn du ein Ziel hast, wenn du weißt, dass es in drei Monaten oder einem halben Jahr oder vielleicht sogar in einem ganzen vorbei ist, dann ist alles leichter.

Jedenfalls hätte ich in meinem ganzen Leben nicht gedacht, dass mir dieser Boyscout-Kram einmal ernsthaft was bringen würde.

Zuerst einmal war er der Grund, warum sie mich gehen lassen mussten. Sleepy-Josh, unser Sheriff, hat der Frau vom FBI bestätigt, dass ich zum Zeitpunkt des Raubüberfalls in Springfield gewesen bin und mein Abzeichen als Eagle Scout bekommen habe. Und dass ich danach den halben Abend auf der Gitarre gespielt und später mit

Sleepy-Joshs Sohn Potter – ja, er hat seinen Sohn nach diesem Zauberlehrling benannt –, also mit Potter habe ich die erste Wache gehabt. Potter hat das mit dem Eagle Scout nicht geschafft, was seinen Pa natürlich gewurmt hat.

Der zweite FBI-Agent, der nach Zwiebeln und Rasierwasser gestunken hat, dass einem schlecht wurde, kam dann noch mit dem Ausdruck eines Beitrags im Springfield News Break. Mit Foto von mir und Datum. Ich kann auf keinen Fall zum Zeitpunkt des Überfalls in York gewesen sein. Außer ich verfüge über übernatürliche Kräfte. Zu diesem Zeitpunkt zumindest hätte ich jedes große Pfadfinder-Ehrenwort geschworen, dass ich ein sehr normaler Mensch bin und dass es unmöglich ist, an zwei Orten gleichzeitig zu sein. Je länger ich allerdings hier herumsitze und Zeit habe, mir alles immer wieder durch den Kopf gehen zu lassen, desto unsicherer werde ich, was das angeht.

Was ist schon normal?

Wenn ich zu sehr ins Grübeln gerate, stehe ich auf und gehe rüber zum Schuppen und hacke Holz. »Nicht denken, nur hacken«, spreche ich mir dabei vor.

Oder ich sortiere das Werkzeug.

Demnächst sind dann die Schachteln mit den unzähligen Nägeln und Schrauben dran. Ich frage mich, was Kyle hier mit diesen Unmengen von rostigen Nägeln angefangen hat? Nein, ich weiß immer noch nicht, wem das Haus gehört oder gehört hat, denn jetzt gehört es ja irgendwie mir. Ich habe ihn einfach nur Kyle genannt. Das gibt einem ein besseres Gefühl und mit Kyle kann ich auch reden.

[lacht]

Ist doch klar. Früher oder später willst du mit jemandem reden, ach was, mit ›wollen‹ hat es gar nichts zu tun. Du entscheidest dich nicht dafür. Du tust es einfach. Du redest mit ihm, wen auch immer du dir vorstellst. Richtig reden. Laut. Nicht nur so in Gedanken. So zum Beispiel: »Hey, Kyle, Alter. Hast du die ganzen Schrauben gesammelt, damit ich sie sortieren kann und nicht wahnsinnig werde?« Wenn du so alleine bist, kannst du das ruhig machen. Darum sorgen, ob du im Dachstübchen noch ganz in Ordnung bist, musst du dich erst, wenn Kyle antwortet. Oder du ihn siehst.

[lacht]

Wahrscheinlich hätte ich nicht einmal hierhergefunden ohne meine Erfahrung aus den Orientierungsläufen bei den Boyscouts. Ganz zu schweigen vom Schwimmen, Laufen und Biken. Zum ersten Mal bringt es mir etwas, dass ich so fit bin.

Mein Bike hätte ich gerne hier, zumindest nach der Schneeschmelze. Den ganzen Tag damit durch den Wald donnern. Coole Vorstellung. Der Schnee ist frühestens im April weg. Keine coole Vorstellung.

Aber was labere ich hier die Bänder voll? Ich habe nur sieben davon, wenn sie durch sind, ist Schluss mit Quatschen.

Beim FBI war noch nicht Schluss.

Agent Casey und ihr Kollege hatten vermutlich damit gerechnet, dass es eine schnelle Angelegenheit sein würde. Die Überwachungskamera, dachten sie, reicht schon aus und ich würde in die Knie gehen. Man sah ihnen an, dass mein Alibi sie verwirrte, aber darin, dass ich jetzt einfach aus diesem Kasten hinausmarschieren könnte, hatte ich mich getäuscht.

Während meine Eltern sich aufregten und Charlie Gibbons in Gedanken bereits an einer saftigen Schadensersatzklage tüftelte, zog Agent Casey ein Papier aus einer Aktenmappe.

»Weißt du, was das ist?«, fragte sie.

Auf dem Blatt zogen sich Streifen in mehreren Reihen über das Papier. Ich hatte so etwas schon einmal irgendwo gesehen, konnte mich aber nicht erinnern, was es darstellte. Ich schüttelte den Kopf. »Nein. Weiß ich nicht.«

»Das ist das Ergebnis eines DNA-Tests. Der wurde schon vor langer Zeit gemacht, weil man vielleicht gehofft hatte, die Herkunft eines Babys herausfinden zu können. Oder weil man irgendwelche genetischen Anlagen für eine Krankheit gesucht hat oder so etwas.«

»Könnten Sie zur Sache kommen?«, fragte Charlie Gibbons. »Sie halten den Jungen jetzt schon Stunden hier fest, das reicht wohl bei einem Unschuldigen?«

»Warten Sie ab«, sagte der FBI-Agent. Er zog ein weiteres Blatt hervor. Es enthielt ebensolche Streifen wie das andere. »Test A zeigt die DNA von Boston Coleman, also von dir. Er stammt von der Adoptionsbehörde. Nur so sind wir auf dich gekommen, ohne bundesweit nach dir fahnden zu lassen, so mit Foto auf Fox News und CNN und überall.«

»Alles schön und gut. Sie haben ihn gefunden, aber mit

dem Raubüberfall hat er nichts zu tun. Unglaubliche Ähnlichkeit. Kommt aber vor«, ging Charlie dazwischen.

Die Agents ließen sich nicht beirren.

»Schauen Sie, die Probe für Test B haben wir von diesem Tuch. Wir hatten Glück, die Stadtreinigung von York hat so viele Stellen gestrichen, dass die öffentlichen Mülleimer nur noch alle paar Ewigkeiten geleert werden.« Rosalind Casey zog einen versiegelten, durchsichtigen Plastikbeutel hervor. Ein Halstuch lag darin. Ein Halstuch der Boyscouts. Mein Halstuch. Ich erkannte es sofort, weil meine Initialen in einer Ecke aufgestickt waren.

»Wenn man sich damit durchs Gesicht wischt, wie wir es eben im Ausschnitt aus der Überwachungskamera gesehen haben, strotzt es nur so von Anhaftungen. Unmengen von Hautschuppen. Und Schweiß natürlich. Ein Festtag für das Labor der Gerichtsmedizin. Die Ergebnisse von Test A und Test B sind identisch, und wenn wir jetzt eine Probe von dir nehmen – «

»Was Sie nicht dürfen«, unterbrach Charlie sie. »Dafür brauchen Sie einen richterlichen – «

»Beschluss, ganz genau«, sagte Peter Gionelli. »Was meinen Sie, was das hier ist?« Er händigte meinen Eltern ein Blatt aus: die richterliche Anweisung für einen DNA-Test.

»Test C wird noch einmal bestätigen, dass wir drei Proben von ein und derselben Person haben«, sagte Rosalind Casey.

»Der Junge war hundertfünfzig Meilen entfernt und zweihundert Zeugen können das bestätigen. Darunter ein Sheriff«, sagte Charlie.

»Wir haben also eine Person, die einen Geldtransporter überfallen hat und aussieht wie Ihr Mandant. Das könnte vielleicht noch eine unglaubliche Ähnlichkeit, ein unglaublicher Zufall sein. Aber, Mr Gibbons, ein DNA-Test lügt nicht.«

Peter Gionelli zückte ein Glasröhrchen und zog ein langes Wattestäbchen heraus. »Mund auf, bitte«, sagte er und schrubbte dann ein bisschen von meiner Mundschleimhaut ab.

Um es kurz zu machen: Der Test bestätigte, was die FBI-Agenten vorhergesagt hatten. Die drei DNA-Proben stimmten überein.

Vielleicht hätte ich jetzt auspacken sollen. Ich tat es nicht. Irgendwie war mir klar, dass ich den richtigen Zeitpunkt verpasst hatte, zu dem ich noch glaubwürdig hätte erzählen können, wie mir dieses Halstuch eine Woche vor dem Überfall geklaut worden war. Bei der Polizei zu sagen, dass dir ein absolut wichtiges Beweismittel, das gegen dich spricht, schon vorher abhandengekommen ist, glaubt dir keiner. Nicht, wenn du es erst sagst, nachdem man es dir unter die Nase gehalten hat.

»Also, noch einmal: Kannst du das erklären?«, fragte der FBI-Typ, und als hätte er meine Gedanken erraten, fügte er hinzu: »Und komm mir nicht mit ›Das muss ein Doppelgänger sein‹ oder ›Da will mir jemand was in die Schuhe schieben‹.«

[Anmerkung Protokollantin: Das Band endet hier, es folgen Vogelstimmen – se]

II.

Tonbandprotokoll

Asservaten-Nr.:   KxCV|24-111v
Aufnahmegerät: Revox A77 MkIV
                     (Baujahr 1978)
Transkription: Serena Eastwood (se)

Ich habe keinen blassen Schimmer, was mit dem ersten Band los ist. Also, genau genommen weiß ich, was los ist, aber nicht, warum es so ist. Das Band war gar nicht unbespielt. Mittendrin funktionierte die Aufnahme nicht mehr, stattdessen war nur noch Vogelgezwitscher zu hören. Ich habe ein neues eingelegt, ein wirklich unbenutztes aus der Originalverpackung, wenn man das überhaupt so sagen kann, denn die Dinger sind nicht in Plastikfolie verschweißt oder so. Ich bin mir nicht ganz sicher, aber ich glaube, dass man die Bänder auch löschen und noch einmal bespielen kann. Leider reicht die zerfledderte Bedienungsanleitung nicht bis zu diesem Punkt.

Gehen wir also einige Zeit zurück, bevor ein Einsatzkommando des FBI mit Special Agent Rosalind Casey an der Spitze in meinem Zimmer stand. Genauer gesagt drei Wochen, denn Asher und die anderen sind schon am 16. Juli bei mir aufgetaucht, auch einem Samstag.

Es war einer der Tage mit Temperaturen wie in der Wüste und wie eine Wüste sah auch unser Fußballplatz aus. Der Platzwart hatte in diesem Sommer den Versuch, mit dem Rasensprenger wenigstens ein paar Grashalme am Leben zu erhalten, längst aufgegeben. Geregnet hatte es schon seit Ende Mai nicht mehr. Staubig braun der Platz, staubig braun die ganze Gegend, nicht nur das County, einfach alles, Meilen über Meilen.

Irgendwie ist es wohl das Jahr der extremen Wetterverhältnisse für mich, wenn ich jetzt hier nach draußen schaue und Meilen über Meilen nichts als Schnee sehe. Damals braun und staubig, jetzt weiß und eisig.

Wir hatten gegen eine Mannschaft aus Hastings gespielt, die auf der Tabelle noch einige Plätze tiefer im Keller lag als wir. Für Fußball interessiert sich hier eigentlich fast niemand. Wenn dann plötzlich vier Leute am Spielfeldrand stehen, hast du deine Zuschauerzahl ungefähr vervierfacht.

Ich bin Torwart der Fußballmannschaft, weil wir eine Mannschaftssportart wählen müssen und ich mich auf keinen Fall mit einer miesen Type wie Raff Myers in einem Team wiederfinden wollte. Raff ist natürlich Quarterback in der Footballmannschaft. Oder war es.

Einen wie Raff gibt es an jeder Schule: ein weißes, gut aussehendes, dämliches, rassistisches und sexistisches Arschloch. Hey, das sind alles Adjektive, die Celia für ihn benutzt hat, nicht ich. Nur so fürs Protokoll. Aber ich stimme ihr zu.

Ich bin der schlechteste Torwart der Welt, außer an diesem Tag. Da war der Kollege von der Mannschaft aus Hastings noch schlechter, weshalb wir am Ende sogar gewonnen haben. Unsere Zuschauer haben sich nicht besonders für das Spiel interessiert, sondern hockten nur hinter dem vier oder fünf Meter hohen Gitterzaun auf einem Betonklotz und glotzten ab und an herüber, zweimal ist einer von ihnen zu einem Pick-up, einem Dodge RAM Laramie, gegangen und mit einem garantiert eiskalten Getränk zurückgekommen, für das ich in dieser Hitze einen Mord begangen hätte.

[lacht]

Vielleicht sollte ich nicht solche Töne spucken. Wenn man wegen eines Raubüberfalls und eines Mordes gesucht wird, könnte jemand so etwas ernst nehmen.

Kurz vorm Abpfiff verschwanden sie. Ein paar Minuten später, als ich auf dem Heimweg war, rollte der Pick-up dann plötzlich neben meinem Bike her. Unangenehm nah, obwohl die Straße leer war und genug Platz bot. Mir triefte der Schweiß von der Stirn, mein T-Shirt klebte auf der Haut.

Von der Ladefläche des Dodge wurde mir eine Hand entgegengestreckt. Sie hielt eine Coke, an der das Kondenswasser hinabtropfte. »Na, nimm schon«, sagte das Mädchen, zu dem die Hand gehörte.

Sie saß mit dem Rücken zur Fahrtrichtung ans Fahrerhaus gelehnt. Neben ihr hockte noch jemand, den ich nicht genauer in Augenschein nehmen konnte, weil die Person eine Baseballkappe trug, unter der eine lange blonde Mähne hervorquoll, die vom Fahrtwind in ihr Gesicht gewirbelt wurde. Außerdem konnte ich nicht sehr lange hinschauen, weil in diesem Moment der Pick-up den einen Zentimeter zu weit nach rechts zog. Ich geriet ins Schlingern und legte mich auf die Schnauze.

Ich stieß eine üble Verwünschung aus, rappelte mich schnell auf und stapfte zu dem Auto, das ein paar Meter weiter angehalten hatte.

»Hast du Arschloch keine Augen im Kopf?«, schrie ich und klatschte mit der flachen Hand gegen die Scheibe der Fahrertür. Die Person dahinter konnte ich nicht erkennen, weil die Sonne schon tief stand und sich im Glas spiegelte.

Erst jetzt merkte ich, dass mein rechtes Knie brannte und etwas an meinem Bein hinablief. Es war Blut, ziemlich viel sogar, mein Oberschenkel sah übel aus. Als ich den Blick wieder hob, hatte der Fahrer die Scheibe heruntergelassen.

Ich schaute mir selbst in die Augen.

Die wüste Beschimpfung, die ich schon auf den Lippen hatte, vertröpfelte zu einem: »Du ... du ...«

»Hi, ich bin Asher. Das tut mir leid, war wirklich keine Absicht. Soll ich dich ins Krankenhaus bringen? Wir legen dein Bike hinten auf die Ladefläche.«

Man hört sich selbst ja anders, als andere einen hören. Die meisten Leute, die ich kenne, mögen ihre Stimme nicht, wenn sie sie in einer Aufnahme hören. Du hast vielleicht schon bemerkt, dass ich einen kleinen Sprachfehler habe, das leichte Anstoßen hinten im Gaumen bei Zischlauten, nicht weiter schlimm, nur Nachrichtensprecher im Fernsehen würde ich damit nicht werden können. Es ist ziemlich charakteristisch, nicht viele sprechen so. Wenn ich aufgeregt bin, verstärkt es sich ein wenig.

Der Typ hinter dem Steuer sprach seinen eigenen Namen mit diesem Sprachfehler aus.

»Asher«, murmelte ich.

»Ja, Asher«, sagte er.

Er klang wie ich. Ich klang wie er.

Um es dir ganz klarzumachen: Dieser Asher war eine Kopie von mir. Was ihn im Moment von mir unterschied, waren die etwas längeren Haare und dass er nicht so verschwitzt und dreckig war wie ich. Wahrscheinlich hatte er auch keinen aufgeschürften Oberschenkel und kein blutendes Knie.

»Ach, das wird nicht einmal eine Narbe.«

Ich zuckte zusammen. Hinter mir stand das Mädchen. Sie begutachtete die Wunde.

»Hier, das habe ich im Verbandskasten gefunden, das desinfiziert.«

Bevor ich mich wehren konnte, hatte sie mir etwas auf die Haut des Oberschenkels gesprüht.

»Aua«, schrie ich. Es brannte wie Hölle.

»Bist du ein Loser? – Jungs, ich habe es euch gesagt. Er steht die Sache nicht durch.«

»Lux, fall nicht mit der Tür ins Haus«, sagte Asher.

Lux. Das Licht. Ein schöner Name, auch wenn er überhaupt nicht zu dem Mädchen passte. Alles an ihr war schwarz, außer der Gesichtsfarbe, die war extrem hell, fast durchscheinend. Mit ihrem pechschwarzen Lidschatten und Lippenstift, den schwarz gefärbten Haaren und den dunklen Klamotten, die bei dieser Hitze wirklich nur Scheintote tragen konnten, denen sowieso alles egal war, wäre sie gut in einem Vampir-Film aufgehoben gewesen.

»Bullen!«, warnte der Typ, der neben dem Mädchen auf der Ladefläche gehockt hatte. An seiner Stimme erkannte ich, dass es ein Junge sein musste, auch wenn er mich später darüber aufklärte, dass er sich weder dem einen noch dem anderen Geschlecht zuordnete.

Auf der Beifahrerseite beugte sich noch ein Junge nach vorne. Er trug eine verspiegelte Sonnenbrille und einen verbeulten Strohhut. »Wir sollten abhauen«, sagte er.

»Zu spät«, sagte Asher. »Brille, Hut!«, befahl er und sein Beifahrer gehorchte ihm. Asher setzte die Sachen auf, gerade als der Dienstwagen von Sleepy-Josh Miles hinter dem Dodge hielt.

Der Sheriff stieg aus, zerrte seine Hose über den Bauch. Bevor er neben den Pick-up trat, wischte er sich den Mund ab. Auf der Wange blieben Ketchup-Reste zurück.

»Hey, Boston. Alles klar bei dir? Gibt es Probleme?«, fragte Josh.

Man tut manchmal Dinge, die man nachher nicht erklären kann. Eigentlich hätte ich sagen sollen: »Der Typ hat mich abgedrängt und außerdem würde ich behaupten, dass er noch keinen Führerschein hat, jedenfalls keinen, mit dem er diese riesige Karre fahren dürfte. Er sieht aus wie mein Zwillingsbruder, und wenn das der Fall ist, dann ist er mit ziemlicher Sicherheit nur knapp vierzehn Jahre alt. Wie ich.«

Ich sagte das aber nicht.

Ich sagte: »Keine Probleme, Sheriff.«

Warum ich ›Sheriff‹ sagte, weiß ich nicht. Ich nannte ihn nie Sheriff, sondern immer Josh, sogar wenn wir mit den Boyscouts campen waren.

»Was ist mit deinem Bein passiert?«, fragte Josh.

»Ich ... ich bin gestürzt und die Jungs hier kamen zufällig vorbei.«

»Brauchst du Hilfe?«, fragte Josh.

»Nein. Asher und Lux bringen mich nach Hause.«

»Klar«, sagte Asher und tippte mit dem Zeigefinger gegen die ausgefranste Krempe des Strohhuts.

»Klar«, sagte Lux. Sie umrundete das Auto. »Hilf mal, Jacs«, blaffte sie den anderen Typ auf der Ladefläche an, hatte aber mein Bike schon in die Höhe geschwungen und auf die Ladefläche gepfeffert.

Ich glaube, Sleepy-Josh war froh, dass es keine Arbeit für ihn gab. Kein Strafzettel. Keine Halter-Abfrage für den Dodge. Dann hätte er vielleicht gemerkt, dass das Auto gestohlen war. Und er wäre auf die Waffen aufmerksam geworden, die vermutlich schon da hinter der Rückbank und im Handschuhfach verstaut waren.

So gab mir Josh nur noch Grüße an meine Eltern mit auf den Weg und quetschte sich dann wieder hinter das Lenkrad seines Autos. Mit der rechten Hand griff er sofort nach dem Cheeseburger, den er vorher schnell beiseitegelegt hatte. Die Sirene seines Autos jaulte einmal kurz zum Gruß auf, als er an uns vorbeifuhr und alle in eine Staubwolke hüllte.

[lautes Krachen, nicht genau identifizierbare Geräusche]
Shit, was war das?

[Unterbrechung bei 00:31; Fortsetzung wahrscheinlich nach zwei Tagen (siehe nachfolgende Zeitangabe im Text, demnach 28. oder 29. Dezember)]

Heilige Scheiße, Kyle, mein lieber Junge, du hättest mich vorwarnen können, dass diese fetten Bäume vor der Veranda gelegentlich umkippen. Alle hundert Jahre wahrscheinlich, zumindest, wenn es ein Jahrhundertwinter ist wie dieser und der Schnee nicht mehr von den Ästen rutscht, sondern gleich den ganzen Baum in die Knie zwingt.

Ich habe Glück gehabt. Wäre das mächtige Ding aufs Haus gefallen, hätte ich mir sicher einen neuen Unterschlupf suchen müssen.

Also: Lux. Jacob, genannt Jacs. Und Yuval. Und Asher, der aussah wie ich und sich anhörte wie ich. Nach dem Fußballspiel.

Vermutlich trifft jeder mal in seinem Leben ganz spontan scheinbar kleine Entscheidungen, die dann aber doch eine große Bedeutung für das weitere Leben haben. Nur erkennt man das oft erst viel später. Wenn man zum Beispiel auf irgendeiner Veranda im Schaukelstuhl sitzt und auf sein Leben zurückschaut, auf fünfzig oder sechzig Jahre, und denkt: Hätte ich damals Lucy Vanderbuilt die Karte zum Valentinstag nicht nur geschrieben, sondern sie auch abgeschickt. Mit Lucy wäre es ein ganz anderes Leben geworden. Hätte ich dieses oder jenes getan oder unterlassen, eigentlich Kleinigkeiten, Momente, in denen es wichtig war, intuitiv und manchmal sogar im Bruchteil einer Sekunde eine Entscheidung zu treffen.

Die Sekunde der Entscheidung lag an diesem Tag bereits hinter mir. Ich saß schon auf der Rutschbahn, die mich schließlich hierhergeführt hat. Ob es die Endstation ist, weiß ich nicht. Mein Ziel war es sicher nicht.

Ich stieg also in das Auto, mein Bike lag auf der Ladefläche und Yuval neben mir daddelte auf einem Smartphone *Fun Race*. Er guckte nicht einmal auf, rückte nur zur Seite, knurrte etwas und spielte weiter.

»Er hat so etwas noch nie in den Fingern gehabt«, sagte Asher und lachte. »Du könntest ihn bei voller Fahrt aus dem Auto kicken und er würde es nicht merken.«

Vor dem Haus meiner Eltern verlangsamte er die Fahrt.

Im Garten nebenan standen unsere Nachbarin und Reverend Booker, der wahrscheinlich wieder um Geld für seine Gemeinde bettelte. Unsere Nachbarin hat es nicht mit Gott und noch weniger mit der Kirche, aber sie hörte geduldig zu und sprengte dabei den Rasen weiter.

Beim Anblick der beiden Personen gab Asher vorsichtig Gas und fuhr in einem möglichst unauffälligen Tempo vorbei, einmal um den Block, und näherte sich dann unserem Haus von der Rückseite, wo ein kleiner Weg durch den Wald führt. An dessen Ende blieb er stehen.

»Wann können wir in Ruhe miteinander reden?«, fragte Asher.

Ich schaute ihn wahrscheinlich irgendwie zweifelnd an.

»Es ist kompliziert«, sagte er. »Und diese Karre ist vielleicht doch ein bisschen auffällig.«

Das stimmte. Tonnenschwere Pick-ups, die ungezählte Liter Benzin verbrauchten, waren hier nicht selten. Über die Seiten des Dodge schlängelten sich jedoch zudem vom vorderen bis zum hinteren Blinker gewaltige Flammen in rotem und gelbem Lack.

»Sag ihm doch einfach, wie es ist«, fuhr Lux dazwischen. Sie und Jacs hatten die Fahrt nicht mehr auf der Ladefläche, sondern auf der Rückbank verbracht.

»Genau«, sagte Jacs.

Yuval daddelte konzentriert weiter. Ganz nebenbei sagte er: »Töte den Torwart, dann rette die Welt.«

Ich dachte, es hätte etwas mit dem Game zu tun. Hatte es aber nicht. Mit dem Torwart war ich gemeint.

»Jetzt mach ihm keine Angst«, sagte Lux. »Das muss man erklären.«

»Tot ist tot«, sagte Yuval.

»Wer ist das?«, fragte Asher plötzlich. Er schaute dabei in den Rückspiegel.

Ich drehte mich um und sah, wie Celia auf das Auto zukam. Vermutlich wunderte sie sich, weil auf diesem Weg nie ein Auto stand. Nur wenn Pa Holz für den Winter holte, fuhr er hier rückwärts an unser Grundstück heran, weil es einfacher war, das Holz durch den hinteren Garten unter den Dachvorsprung zu bringen und es dort aufzustapeln.

»Okay, steig aus«, sagte Asher. »Wir melden uns. Und keine Sorge: Yuval macht nur Spaß.«

Nun unterbrach Yuval zum ersten Mal das Spiel. Er schaute Asher mit einem fragenden Blick an.

Ich war mir nicht ganz sicher, ob die Bemerkung mit dem Torwart wirklich ein Spaß war.

York High School

1005 Duke Drive
York, NE 68467
Nebraska | USA

Montag, 8. August 2022 | 11:30 Uhr

Trotz der Ferien war es am einfachsten gewesen, die Schülerinnen und Schüler in der Schule zu versammeln und sie dort einzeln zu befragen. Die Schulleiterin hatte geächzt und gestöhnt, aber dann kooperiert.

Ihr Büro war eigentlich zu klein für einen Besprechungstisch. Rosalind musste kerzengerade sitzen, sonst hätte sich die Tischkante in ihren Bauch gedrückt. In einem Aktenkorb vor ihr lagen ein paar Flyer von einer Aktion, mit der Knochenmarkspender gesucht wurden.

Die Schulleiterin deutete mit einem Seufzer darauf. »Wir könnten noch Spender brauchen. Eine unserer Schülerinnen ist darauf angewiesen.«

Dieses ganze Chaos hatte sie sichtlich mitgenommen. Zuerst hatte das FBI am Samstag den Spind von Boston Coleman geöffnet und dann die ganz Schule mit Spürhunden auf Sprengstoff abgesucht. Gefunden hatten sie nichts, das Schulfest musste aber trotzdem abgesagt werden.

»Ach, dieser Ärger mit Boston Coleman. Dabei war er einer unserer vielsprechenden Kandidaten bei der Knochenmarkspende. Seine Spende gehörte zu den dreien, die durch Gen-Tests noch einmal überprüft werden. Alle anderen passten nicht. Er ist doch so ein guter Junge, auch ohne die Spende. Ich kann es alles nicht glauben. Bleiben wir denn von nichts verschont?«

Rosalind schaute die Frau bedauernd an und war froh, dass jemand an der Tür klopfte.

Der Sekretär der Schulleiterin schob den Kopf herein.

»Celia Rowe wartet draußen«, sagte er.

Special Agent Rosalind Casey hatte der Schulleiterin hoch und heilig versprochen, dass sie keinen Wirbel machen würden. Das war nicht ganz einfach, wenn man Peter Gionelli im Schlepptau hatte. Irgendwie stand ihrem Kollegen ›FBI‹ und ›ÄRGER‹ in Großbuchstaben auf die Stirn geschrieben.

Und seitdem nun auch noch dieser Raff vermisst wurde, war es eigentlich unmöglich. Es war wohl nur noch eine Frage der Zeit, bis die Presse über das Städtchen herfallen würde.

Rosalind seufzte. Die ganze Geschichte hatte schon für genug Gesprächsstoff in der Stadt gesorgt, genau genommen war sie das einzige Thema. In dem Ort mit seinen achttausend Einwohnern kannte jeder jeden und im Zweifelsfall war man über drei Ecken miteinander verwandt.

Die Familie Coleman bildete hier allerdings eine Ausnahme. Auch nach über zehn Jahren, die sie schon im nahe gelegenen Waco lebten, blieben sie Zugezogene. Aber seit sie den Coffeeshop an der Grant Ave Ecke 6th Street eröffnet hatten, kannte fast jeder Archie und Liz Coleman, wie

Rosalind bereits herausgefunden hatte. Sie waren beliebt, engagierten sich in verschiedenen Vereinen. Liz Coleman war Mitglied der Elternvertretung und ihr Mann organisierte eine Art Lesezirkel, in dem leseschwache Kinder gefördert wurden.

Bei den letzten Präsidentschaftswahlen waren sie ein wenig unter Beschuss geraten, weil sie in den Augen der Mehrheit des Countys den Kandidaten der falschen Partei unterstützten. Aber auch das hatte sich wieder gelegt. Auf den guten Kaffee und die handgemachten Blaubeer-Muffins, die es bei den Colemans gab, wollte keiner verzichten.

Die Schulleiterin bot ihnen nun weniger guten Kaffee und Wasser an, was Rosalind beides ablehnte. Mit ihr und den Lehrern hatte sie bereits gesprochen.

Jetzt waren die Kids an der Reihe, allen vorweg Celia Rowe, die wohl so etwas wie eine Freundin von Boston Coleman war. Oder besser gesagt: eine beste Freundin. So viel war schon klar: Der Junge war an der Schule nicht unbeliebt, aber er gehörte auch nicht zu den angesagten Typen. Er war eher der Einzelgänger, introvertiert, einer, der Bücher las und sich zurückzog.

In seinem Spind hatten sie auch eine ziemlich zerfledderte Ausgabe von Moby Dick gefunden. Ein Schinken, den Rosalind niemals gepackt hatte, obwohl sie früher selbst viel gelesen und sich für amerikanische Literatur interessiert hatte.

Celia Rowe war ein zierliches Mädchen, das aber irgendwie etwas Zähes ausstrahlte. Nicht auffallend gut aussehend, aber eigentlich ganz hübsch. Die Homecoming

Queen würde sie nicht werden, aber sie würde auch nicht alleine zum Schulball gehen müssen. Ihre dunkelblonden Haare hatte Celia zu einem lockeren Zopf geflochten, der ihr über die linke Schulter hing. Sobald sie sich hingesetzt hatte, zwirbelte Celia die Haarspitzen, die von einem schlichten Gummibändchen gehalten wurden, zwischen den Fingern. Im immer gleichbleibenden Tempo.

»Ich bin Special Agent Rosalind Casey und das ist mein Kollege Peter Gionelli. Wir haben ein paar Fragen zu Boston Coleman und den Vorkommnissen, von denen du bestimmt schon gehört hast.«

Celia nickte nur.

»Zuerst würde ich gerne wissen, ob du dieses Laptop kennst?« Rosalind legte das Gerät auf den Tisch. Es steckte in einer der durchsichtigen Plastikhüllen, in denen Beweismittel aufbewahrt wurden. Man konnte die Aufkleber auf dem Deckel des Laptops gut erkennen: das Logo einer Organisation zum Schutz der Wale und ein paar kleinere, schon abgewetzte Sticker mit Comicfiguren.

»Ja«, sagte Celia.

»Wem gehört es?«, fragte Gionelli, den die Einsilbigkeit des Mädchens schon ungeduldig werden ließ.

»Boston«, sagte Celia. »Glaube ich.«

»Glaubst du?«, fragte Rosalind. »Oder weißt du?«

»Könnte sein«, sagte Celia. »Er hat auch Aufkleber auf seinem.«

Rosalind hörte, wie Peter Gionelli die Luft geräuschvoll einsog. Er ließ sich nicht gerne lange hinhalten. Aber sie schob unauffällig den Fuß gegen den ihres Kollegen, um ihn zurückzuhalten. Für einen kurzen Augenblick dachte sie, das Mädchen würde noch etwas sagen, vielleicht eine Information herausrücken, die sie nicht durch Fragen von ihr bekommen würden. Celia zwirbelte zwar gleichbleibend langsam ihren Zopf durch die Finger, aber da war trotzdem etwas Zögerliches gewesen.

»Ist dir in den letzten Wochen, vielleicht auch letzten Monaten etwas an Boston aufgefallen? War etwas anders als sonst? Ungewöhnlich?«

»Was meinen Sie damit?«, fragte Celia. Die Rückfrage wirkte aufrichtig, nicht so, als wolle sie Zeit gewinnen oder sich dumm stellen.

»Wirkte er besonders nervös oder hat er sich zurückgezogen? War er abweisend, versuchte er, Dinge zu verbergen? So etwas in der Art.«

Celia schüttelte den Kopf. »Er sollte auf dem Schulfest in einem Kostüm als überdimensionaler Kaffeebecher herumlaufen und Handzettel für den Laden seiner Eltern verteilen. Darüber hat er sich mit Mr und Mrs Coleman gestritten. Aber sonst? Nein, da war nichts. Bei Boston weiß man nie so genau, wie er gerade drauf ist.«

Kurz stockte das Gezwirbel an den Haaren. Hatte Celia das Gefühl, zu viel gesagt zu haben? Rosalind ließ ihren Kollegen jetzt weitermachen. Obwohl sie Peter nicht mochte, waren sie doch ein gut eingespieltes Team. Wie ein altes Ehepaar, das sich eigentlich nichts mehr zu sagen hatte, jedoch zu jeder Zeit den Satz des anderen vollenden konnte.

»Würdest du sagen, er ist eher ein verschlossener Typ?«, fragte Peter Gionelli.

»Ja, so könnte man ihn beschreiben.« Ein Lächeln huschte über Celias Gesicht. Wenn sie lächelte, wurde sie richtig hübsch. »Aber das sind die Jungs in dem Alter ja alle«, fügte sie hinzu und ihre Miene verschloss sich wieder.

Rosalind schmunzelte. Ja, das kannte sie noch von früher. An einen Tag waren ihre Söhne noch freundliche Strahlemänner gewesen und am nächsten bekamen sie kein Wort mehr heraus und außer herumliegenden Socken und maulfaulen Bitten nach etwas zu essen hatte es kaum Lebenszeichen gegeben.

»Ihm wird ein bewaffneter Raubüberfall vorgeworfen«, sagte Gionelli. Das sagte er so teilnahmslos, als handele es sich um einen dummen Schülerstreich.

»Unmöglich.« Diese Antwort kam blitzschnell. »Er findet Waffen bescheuert. Ich glaube, er ist so etwas wie Pazifist.«

»Glaubst du?«, hakte Gionelli nach.

»Weiß nicht.«

»Wie siehst du selbst das?«, übernahm Rosalind wieder.

»Was?«

»Mit den Waffen. Wie stehst du dazu?«

»Mein Vater ist Jagdführer für Touristen. Wir haben eine Menge Waffen im Haus. Und ich kann auch selbst schießen. Pa hat es mir beigebracht.«

»Okay, noch einmal zu deinem Mitschüler. Wie würdest du euer Verhältnis beschreiben?«

Celia zögerte. Suchte sie nach den richtigen Worten? Oder war das Verhältnis zu Boston irgendwie unklar?

»Wir gehen zur selben Schule, wir wohnen beide in Waco, wir hängen gemeinsam ab. Wie das so ist.«

»Wie das so ist«, sagte Rosalind. »Aha.«

Mittlerweile war sie sich sicher, dass das Mädchen etwas verschwieg.

»Hatte er Feinde?«

»Nein, würde ich nicht sagen. So die üblichen Leute. Wie Raff Myers, der jedem die Spur einstellen will.«

»Wie das?«

»Na ja, Raff ist halt der große Obermacker an der Schule, und wenn einer das nicht einsehen will, bekommt er Ärger. Danach sehen es dann die meisten ein.«

»Was denn für Ärger?«

»Also, dein Bike ist plötzlich dauernd platt, deine Klamotten stecken nach dem Sport im Klo oder in deinem Spind läuft Buttersäure aus, die du niemals selbst dort reingetan hast.«

»Kein besonders sympathischer Typ?«

»Nicht besonders sympathisch?«, gab Celia zurück. »Er ist und war ein riesiges Arschloch.«

Es war die erste emotionale Reaktion in diesem Gespräch.

»Wann hast du ihn zuletzt gesehen?«

»Wen? Boston?«

»Nein, Raff.«

»Letzten Freitag hier in der Schule. Im Englischunterricht. Er hat sich ziemlich blamiert.«

»Um was ging es?«

»Herman Melville. Moby Dick.«

»Bostons Spezialgebiet.«

Celia nickte. »Jep. Er liest so etwas sogar freiwillig. Und er mag Wale.« Sie deutete auf das Laptop.

»Nach der Schule hast du Raff Myers nicht mehr gesehen?«

Celia schüttelte wieder den Kopf.

»Raff Myers ist seit Freitagabend verschwunden«, sagte Rosalind Casey.

»Verschwunden?«, fragte Celia. Es war nicht zu erkennen, ob sie diese Information überraschte oder vielleicht sogar erschreckte. »Raff ist am Wochenende oft auf Tour. Meistens mit Jamie Crowd. Der hat einen Führerschein und sie fahren zum Campen und Fischen, manchmal sogar rauf bis zum Missouri.«

»Ist Boston schon mal mit dabei?«

»Niemals«, sagte Celia.

»Und du?«

Celia schüttelte den Kopf. »Kann ich jetzt gehen?«

»Noch eine Frage«, sagte Rosalind. »Hat Boston ein Auto?«

Celia schaute erstaunt. »Ein Auto? Er hat nicht einmal einen Führerschein. Er wird dieses Jahr erst vierzehn.«

»Stimmt«, sagte Rosalind. »Seid ihr schon einmal einfach so gefahren, du weißt schon, in einem alten Steinbruch oder so, wo es niemand sieht?«

»Ich nicht.«

»Aber Boston?«

»Nein«, antwortete Celia genervt. »Glaube nicht.«

»Hast du diesen Pick-up schon einmal gesehen?« Gionelli legte ihr das Foto eines baugleichen Dodge vor, wie er für den Überfall benutzt worden war.

Celia antwortete nicht sofort.

»Ziemlich auffällig mit den Flammen.« Gionelli schaute sie ausdruckslos an.

»Noch nie gesehen«, sagte Celia nach ein paar Augenblicken.

»Sonderbar. Reverend Booker und eine Nachbarin haben den Wagen in der Nähe des Hauses der Colemans gesehen, im Juli, genau konnten sie sich nicht erinnern. Aber daran, dass sie dich fast zur selben Zeit dort sahen, daran erinnerten sich beide«, sagte Rosalind.

»Kann sein. Aber ich habe das Auto noch nie gesehen«, gab Celia zurück.

»Okay.« Rosalind schob ihre Visitenkarte über den Tisch. »Jetzt kannst du gehen. Falls dir noch etwas einfällt, hier ist meine Nummer. Die Mobilnummer kannst du zu jeder Zeit anrufen. Danke für das Gespräch.«

»Mach ich«, sagte Celia und ging.

»Nicht sehr gesprächig«, sagte Peter Gionelli.

»Wer wenig sagt, kann nur wenig Falsches sagen.«

»Du hättest sie mehr in die Mangel nehmen sollen.«

»Abwarten«, sagte Rosalind.

Sie wollte aus der Sache mit Raff Myers kein großes Ding machen. Ob sein Verschwinden mit Boston Coleman und dem Raubüberfall zu tun hatte, war sowieso völlig ungewiss. Es war noch nicht mal klar, ob dieser Raff wirklich verschwunden war. Der Junge machte öfters solche Touren, wie Celia gesagt hatte. Und seine Eltern hatten ihn erst vermisst, als er nicht zum Spiel seiner Footballmannschaft erschienen war. Ohne ihren Quarterback war die Mannschaft aufgeschmissen gewesen.

Tonbandprotokoll

Asservaten-Nr.:   KxCV|24-111v
Aufnahmegerät: Revox A77 MkIV
               (Baujahr 1978)
Transkription: Serena Eastwood (se)

Nachdem Asher, Lux, Jacs und Yuval sich verdrückt hatten, stand ich an diesem Tag alleine mit Celia da. Celia ist die Einzige in meiner Klasse, die auch in Waco wohnt und jeden Tag mit mir die zehn Meilen zur Highschool nach York fährt und wieder zurück.

Wir könnten dazu den Schulbus nehmen, was allerdings bedeuten würde, dass wir eine gute halbe Stunde früher aufstehen müssten. Dreißig Minuten sind morgens eine verdammt lange Zeit.

Also fahren wir meistens mit meiner Mutter hin und nachmittags mit Celias ältester Schwester zurück. Die arbeitet nämlich im York County Highway Department, wo sie Herrin über einen ganzen Gerätepark ist, mit Bulldozern und Planierraupen und allem, was man sonst so braucht, um eintausend Meilen Straßen instand zu halten.

Eigentlich wäre Celia das richtige Mädchen für mich. Sie ist gut aussehend, aber nicht so gut, dass man dauernd Angst haben müsste, Raff Myers oder Jamie Crowd würden sie einem ausspannen. Außerdem hasst sie Rosa und Einhörner, und das schon seit der zweiten Klasse. Das finde ich gut. Beim Anblick von rosa Einhörnern tun mir schnell die Augen weh.

Irgendwie sind wir aber eher wie Geschwister. Für ein Einzelkind wie mich ist das auch ganz schön und für Celia ebenfalls. Gerade weil sie vier Brüder und zwei Schwestern hat. Bei Familie Rowe geht man leicht unter, bei mir ist sie sozusagen die Nummer eins.

Celia kannst du selten etwas vormachen. Sie wollte natürlich wissen, was das für Leute waren und was mit meinem Bein passiert war, und ich erzählte ihr, wie die Sache abgelaufen war. Allerdings ohne Asher zu erwähnen. »Sind scheinbar ein paar schräge Vögel«, sagte ich zum Schluss und erzählte ihr noch von dem Spruch mit dem Torwart.

»Töte den Torwart, dann rette die Welt?«, fragte Celia.

Ich nickte.

»Das ist aus dieser Serie mit den Superhelden«, sagte Celia. »Mein Bruder Vince hat die DVDs. Aber es geht um einen Cheerleader.«

Damit war das Thema für sie erledigt. Danach lernten wir gemeinsam für den Mathetest, der in der folgenden Woche anstand. Ich glaube seit diesem Sommer nicht mehr an Zufälle. Vielleicht war es ein Zeichen, dass es in diesem Test ausgerechnet um Wahrscheinlichkeitsrechnungen gehen sollte, um genau zu sein, um Laplace-Experimente, falls dir das etwas sagt.

Nicht? Ich erkläre es dir. Ein Laplace-Experiment ist ein Zufallsversuch, bei dem es nur endlich viele mögliche Versuchsausgänge gibt, und alle möglichen Ausgänge sind gleich wahrscheinlich. Dein Gesicht kann ich mir gerade gut vorstellen. Bei einem Würfel ist die Wahrscheinlichkeit, eine bestimmte Zahl zu werfen, für alle Zahlen gleich, nämlich eins zu sechs. Dass du eine Sechs wirfst, liegt also bei einer Wahrscheinlichkeit von 16,7 Prozent, nämlich eins geteilt durch sechs. Das gilt für alle Zahlen. Trotzdem kannst du natürlich sechs Würfe machen und sechsmal eine Sechs werfen. Das ist dann Zufall oder Glück, kommt ganz auf die Situation an.

Bei einer Münze ist es noch einfacher: Es gibt nur zwei Möglichkeiten, Kopf oder Zahl. Die Wahrscheinlichkeit liegt jeweils bei genau fünfzig Prozent. Wenn einer mit gezinkten Münzen oder Würfeln wirft, dann stimmt der ganze Mist nicht.

Also, lass dich niemals auf ein Glücksspiel ein, wenn du die Würfel nicht selbst manipuliert hast. Oder die Münzen. Es sollte sich nämlich herausstellen, dass ich in der ganzen Geschichte mit absolut berechenbarer Wahrscheinlichkeit verlieren würde. Noch besser ist es also, wenn du dein Leben überhaupt nicht vom Glück oder von einem Zufall abhängig machst. Celia würde das nie tun.

Celia behält einen absolut kühlen Kopf, in jeder Situation, da bin ich mir ziemlich sicher. Ich hätte sie jetzt gerne bei mir, nicht nur weil es auf Dauer hier doch sehr einsam ist.

Ich hätte sie zwei Tage später um Rat fragen sollen, wahrscheinlich hätte sie mir zu einer besseren Lösung verholfen.

Zwei Tage darauf bekam ich nämlich Besuch.

Es war mitten in der Nacht, auf jeden Fall nach zwei

Uhr. Auf zwei Uhr nachts ist nämlich die automatische Bewässerung für unseren Garten programmiert, und die Chucks meines Besuchers waren klatschnass, weil er in die Kuhle unterhalb meines Fensters getreten war, wo sich immer eine Menge Wasser sammelt. Mein Fenster stand wegen der brüllenden Hitze, die auch nachts kaum nachließ, offen. Als Einbrecher würde dieser Besucher sicher keine Karriere machen, denn ich hatte ihn schon draußen fluchen hören und hielt deshalb einen Baseballschläger in der Hand, als er sich auf der Fensterbank abstützte und ins Zimmer schwang.

Ich spiele kein Baseball und ich weiß auch nicht mehr, woher ich diesen Schläger eigentlich habe. Er steht schon immer neben meinem Bett, so als habe er auf genau diesen Moment gewartet. Es ist gar nicht so einfach, jemandem einen ordentlichen Schlag mit einem Baseballschläger zu verpassen.

Eine Frage der Technik ist es nicht. Ausholen und zack und dabei möglichst nicht aus dem Gleichgewicht kommen. Das kann fast jeder.

Schwieriger sind die Gedanken, die dir blitzschnell durch den Kopf gehen, jedenfalls wenn du ein halbwegs normaler Mensch bist, der normalerweise nicht auf andere Leute einprügelt. In dir laufen dann nämlich ein paar Prozesse ab, Fragen tauchen auf.

Darf ich das?

Ist das angemessen?

Schlägt man mehr oder weniger blind auf einen anderen Menschen ein, auch wenn er mitten in der Nacht durch dein Fenster im ersten Stock einsteigt, statt an der Tür zu klingeln?

Dein Gewissen wirft also nicht einfach eine Münze und zack, schlägst du zu, oder auch nicht. Es ist vielmehr ein ziemlich ausführliches Palaver in deinem Kopf, aber in allerhöchstem Tempo. Trotzdem reichte das nicht aus. Wenn du zögerst, bist du in solchen Situationen schon verloren.

Auch in nassen Chucks war der Besucher nämlich schneller als ich und hatte mich mit einem Schubs zurück aufs Bett geworfen. Er lag auf mir und hielt mir den Mund zu.

»Mach keinen Aufstand«, zischte er. »Ich tu dir nichts.«

Ich erkannte seine Stimme. Oder besser gesagt: Ich erkannte meine Stimme. Es war Asher.

In den vergangenen zwei Tagen hatte ich die Augen offen gehalten, nach ihm, nach dem Pick-up mit den Flammen auf den Seiten, nach dem Mädchen und den beiden anderen Jungs. Sie waren nicht mehr aufgetaucht. Jetzt also dieser Überraschungsbesuch.

»Was soll der Mist?«, zischte ich zurück.

Er rollte von mir runter und schaltete meine Hasenlampe an.

Das war mir peinlich. Warum hatte ich sie nicht längst ausgemustert? Mir wurde erst jetzt bewusst, dass ich in diesem Zimmer schon zigmal mit Celia gepaukt oder Musik gehört hatte oder wir uns alle möglichen Dinge zusammenfantasiert hatten, was wir eines Tages tun würden, wenn wir endlich aus Waco rauskamen. Und immer hatte diese Lampe im Regal neben meinem Bett gestanden.

In Hasenform, von innen beleuchtet. Mom hatte sie mir geschenkt, als wir vor mindestens zehn Jahren in Omaha gewesen waren und ich sie in einem Laden gesehen hatte. Eine Hoppelhäschenlampe für einen Vierjährigen.

Asher verkniff sich eine Bemerkung. Er packte einen Haufen Klamotten, die sich auf dem Ohrensessel in der Ecke stapelten, und warf sie auf den Boden. »Ziemlicher Saustall hier«, sagte er. »Das werde ich ändern. Oder vielleicht auch nicht, nein, besser nicht. So etwas fällt Müttern auf, oder?«

»Du wirst hier gar nichts ändern«, sagte ich. »Du wirst dich ganz schnell verpissen oder ich – «

»Oder was?«, unterbrach er mich. »Oder du rufst Mom und Dad zu Hilfe? Und sagst ihnen, dass da einer war, der genauso aussieht wie du?«

Ich malte mir aus, was meine Eltern denken würden. Ihre kummervollen Blicke konnte ich mir sehr gut vorstellen. Sie haben immer befürchtet, dass ich Nachteile aufgrund meiner Herkunft haben könnte.

Ein Mädchen im Kindergarten hatte einmal mit dem Finger auf mich gezeigt und behauptet, meine echten Eltern hätten mich weggeworfen. Ich hatte ihr einen Eimer aus dem Sandkasten über den Kopf gestülpt. Einen riesigen Aufstand hatte das gegeben. Vorher war es mir nicht aufgefallen, dass es etwas gab, das unsere Familie unterschied.

Es gab viele weiße Kinder mit weißen Eltern. Jeremys Eltern waren aus Vietnam eingewandert. Kinder wie mich, mit schwarzer Hautfarbe, gab es wenige im County, und wenn, dann hatten sie auch schwarze Eltern.

Ich war jedoch ein schwarzes Kind mit weißen Eltern. Und ich war adoptiert. Mir hat es wirklich nie etwas ausgemacht, aber meine Eltern hatten immer die Sorge, dass ich irgendwann einen Schaden nehmen würde und zum Seelenklempner müsste.

Wenn ich ihnen von einem Doppelgänger erzählte, war der Tag sicher gekommen.

Als habe er meine Gedanken gelesen, sagte Asher: »Ich bin schneller wieder weg, als du gucken kannst. Sie werden denken, du hast einen an der Waffel.« Er klatschte sich mit der flachen Hand gegen die Stirn.

»Was geht hier ab?«, fragte ich.

»Eigentlich ist es ganz einfach«, antwortete Asher. »Ich werde für kurze Zeit deine Stelle einnehmen.«

Wahrscheinlich hat selten jemand so dumm aus der Wäsche geguckt wie ich in diesem Moment. Aber es kam noch besser.

Shit. Die Kerze ist aus. Ich sitze nicht gerne im Dunkeln hier. Einen Augenblick.

[Unterbrechung]

Das Licht brennt wieder und ich habe mir etwas zu essen gemacht. Heute müsste Montag sein, also gibt es Corned Beef aus der Dose und Sauerkraut. Sauerkraut hat er in Unmengen eingemacht, das ist schlau. Sauerkraut ist gut gegen Skorbut, das haben sie früher auf den Segelschiffen fässerweise mitgenommen.

Sorgen ums Essen muss ich mir bis zum Ende des Winters nicht machen, auch wenn er vermutlich in dieser Gegend ziemlich lange dauern wird. Wenn er so lange dauert, wie er gerade heftig ist, hab ich noch viel Zeit in diesem Haus. Bis April muss ich so oder so durchhalten.

Kyle, mein Lieber, vielen Dank für das Sauerkraut und sogar für das Corned Beef, auch wenn ich als Vegetarier am Anfang dachte, ich müsste kotzen – sorry für meine Ausdrucksweise. Wenn man lang genug so mutterseelenalleine herumhängt, passiert das schon mal.

Anfangs habe ich gedacht, dass ich diese Bänder in einem Rutsch vollquatschen werde, damit auch wirklich alles gesagt ist, was vielleicht wichtig sein könnte. Aber das wäre falsch. Dann würde ich nämlich hier herumsitzen und gar keine vernünftige Aufgabe mehr haben. Außer nach weiteren Verstecken mit Lebensmitteln zu suchen. Und nach Diesel.

Kyle, du Mistkerl, wo ist der Diesel?

Ich habe die letzte Aufnahme noch einmal angehört. Klingt ziemlich durcheinander. Ich muss mir Mühe geben, nicht den Faden zu verlieren.

Wichtig ist die Sache mit Asher. Er wollte, dass ich mit Lux und den beiden Jungs auf eine kleine Reise gehe, wie er es nannte.

»Du wirst gebraucht«, sagte Asher. »Und du kannst echt was Gutes tun. Das müsst ihr doch, ihr Boyscouts, oder? Jeden Tag eine gute Tat. Was du jetzt tun kannst, reicht für ein ganzes Leben. Das ist, verdammt noch mal, besser, als Großmüttern über die Straße helfen. Du kannst, ob du es glaubst oder nicht, die Welt retten.«

Genauso sagte er es und ich vermute, du denkst gerade genau das, was ich damals gedacht habe: Der Junge hat einen ziemlich großen Knall. Und was hättest du getan? Ihn vor die Tür gesetzt? Richtig!

Leider habe ich das nicht getan.

Vielleicht wäre es auch völlig egal gewesen, ob ich ihn vor die Tür gesetzt hätte oder nicht. Vielleicht hätte alles trotzdem seinen Lauf genommen, keine Ahnung. Ich stellte ihm stattdessen zwei Fragen.

Erste Frage: »Wohin geht diese ›kleine Reise‹?«

Zweite Frage: »Was tust du in dieser Zeit an meiner Stelle?«

Asher neigte zu dummen Scherzen und antwortete, er täte gar nichts, außer vielleicht ein Blutbad an meiner Highschool anrichten. Dann lachte er und sagte, dass er sich für nichts tun entschieden habe. »Ich bin einfach, so gut es geht, du«, sagte er. »Und da du vermutlich kein Blutbad an deiner Highschool anrichten willst, tu ich das auch nicht.«

Mit so etwas scherzt man nicht, das ist dir und mir klar. Mistkerle, die mit einer Maschinenpistole in eine Schule marschiert sind kein Scherz. Bei Asher war ich mir nicht sicher, ob er scherzte.

»Nun mach nicht so ein Gesicht«, sagte Asher. »Ich verspreche hoch und heilig, dass du dein Leben genauso boyscoutsauber und ordentlich zurückbekommst, wie du es mir überlassen hast. Das muss sein, wenn es stimmt, was die Wissenschaftler sagen. Wegen des Raum-Zeit-Kontinuums.«

Er sagte das mit großem Ernst, soweit ich das beurteilen kann jedenfalls. Um ehrlich zu sein, vertraue ich seit dieser

Begegnung nicht mehr so ganz hundertprozentig auf mein Urteilsvermögen.

»Wir müssen darauf achten, dass wir das Raum-Zeit-Kontinuum nicht stören, deshalb werde ich den Ball flach halten. Hast du eine Ahnung, was das Raum-Zeit-Kontinuum ist?«

Über diese Frage konnte ich nur müde lächeln. Wenn du Fan von Marvel-Comics bist, gehören solche Dinge dazu wie Eier in die weltbesten Pfannkuchen im Coffeeshop meiner Eltern.

»Jedenfalls sollte man möglichst wenig Unsinn anstellen, wenn man in der falschen Zeit herumturnt. Vor allem in der Vergangenheit und ich bin ja nun so was von in der Vergangenheit. Deine Reise geht in die Zukunft, um ganz genau zu sein, ist dein Mover auf den 27. April 2134 programmiert.«

In diesem Moment entspannte ich mich. Ich wurde so etwas von locker. Was für ein Spinner!, dachte ich und ließ ihn reden.

Die durchgedrehte doppelte Ausgabe von mir selbst zog ein Päckchen Zigaretten aus der ausgebeulten Tasche seiner Baggys.

»Hey, hier wird nicht geraucht«, sagte ich. Im Nachhinein klingt es ein bisschen lustig, dass ich mir Sorgen um meine Lungen machte oder darum, dass ich dicken Ärger mit Pa bekommen würde.

»Kein Mensch raucht mehr, jedenfalls dort, wo ich herkomme«, gab Asher zurück. Aus der Zigarettenpackung zog er ein Kästchen.

Er öffnete es.

Zum Vorschein kamen zwei ovale Kapseln, so groß wie die Pillen, die ich gegen eine Mandelentzündung im letzten Herbst hatte nehmen müssen.

Ich musste grinsen. Eine war blau, eine rot.

»Wenn du die blaue nimmst –«

»Bleibst du in der Matrix«, unterbrach ich ihn. »Ich kenne den Film. Steht unten in der DVD-Sammlung von Pa.«

»Matrix?«, fragte Asher. Er schüttelte den Kopf. »Ich verstehe nicht, was du meinst.«

»Solltest du aber, wenn du meine Stelle einnehmen willst. Das ist einer der Lieblingsfilme meines Vaters.«

»Das merke ich mir«, sagte Asher. »Der blaue Mover bringt dich jedenfalls in die Zukunft, der rote wieder zurück. Quasi ein Ticket mit Rückfahrschein. Es ist auf dich programmiert, also eigentlich auf mich. Aber das macht keinen Unterschied.«

Um ganz ehrlich zu sein, begann die Sache mich zu interessieren. Nein, keine Angst! Ich habe den Quatsch in diesem Moment nicht geglaubt. Aber es war doch klar, dass es sich um irgendein schräges Spiel handeln musste.

Er hielt mir die blaue Kapsel hin. »Wir können es gleich jetzt machen, wenn du willst. Umso schneller bist du wieder zurück.«

»Digga, du glaubst doch nicht, dass ich eine Pille schlucke von einem durchgeknallten Typ wie dir?«, antwortete ich. Ich sage nie so etwas wie ›Digga‹ oder ›Bro‹ oder ›Alter‹, aber in diesem Augenblick passte es irgendwie.

»Was ist ein Dicker?«, fragte Asher.

Ich konnte ihn nicht mehr fragen, wohin genau meine Reise ins Jahr 2134 gehen sollte, weil jemand an meine Zimmertür klopfte. Nicht jemand, sondern Mom.

»Boston?«, hörte ich sie von draußen fragen. »Ist alles in Ordnung?«

Ich sprang auf. »Du verpisst dich besser!«, zischte ich Asher an.

Er sprang ebenfalls auf und rollte sich in einer schnellen Bewegung unter das Bett.

Mom schob die Tür einen Spaltbreit auf. »Hast du schlecht geträumt?«, fragte sie. »Ich habe dich rufen gehört.«

»Schon gut, Mom. Alles in Ordnung«, beschwichtigte ich sie.

Hätte ich sagen sollen: »Hey, Mom, da liegt ein verrückter Typ unter meinem Bett, der genauso aussieht wie ich. Der leistet euch Gesellschaft, während ich mal kurz in die Zukunft reise. Macht euch keine Gedanken. Küsschen und gute Nacht!«

Nachdem die Tür sich wieder geschlossen hatte, kam Asher hervor. »Wenn du nicht freiwillig mitmachst, müssen wir dich leider ein bisschen unter Druck setzen. Um genau zu sein, werden wir dir das Leben zu Hölle machen. Was würdest du davon halten, wenn wir irgendwen, den du kennst, ein kleines bisschen in die Mangel nähmen? – Ach nein, so etwas tun wir nicht. Sorge dich nicht. Aber du wirst dich in einem Leben wiederfinden, das nichts mehr mit deinem bisherigen zu tun hat. Solltest du dich hingegen zum Mitmachen entschließen, wirst du dein altes

Leben anschließend friedlich und um eine Erfahrung reicher fortsetzen«, sagte er und schaute mich erwartungsvoll an.

»Warum, zum Teufel, sollte ich das tun? Kannst du mir einen guten Grund dafür nennen?«, stellte ich ihm die Frage, die mir schon die ganze Zeit auf den Nägeln brannte.

»Das ist ganz einfach. Du kannst einer Menge Leute das Leben retten. Genauer gesagt: fast der ganzen Menschheit. Okay, das ist vielleicht kein Grund für einen Typen, der im Jahr 2022 eine ruhige Kugel schieben will und darauf wartet, dass dieses Mädel, diese Celia, ihn irgendwann heiratet und er ein paar Kinder mit ihr kriegt. Es werden übrigens vier sein, drei Mädchen und ein Junge.«

Darüber konnte ich nur lachen. Vier Kinder? Von Celia weiß ich, dass sie niemals Kinder haben will, weil die Welt dafür nach ihrer Meinung einfach zu schlecht ist und sie auf keinen Fall ein paar arme kleine Würmer in eine völlig ruinierte Umwelt setzen möchte. Außerdem musste für dieses Szenario meiner Zukunft noch ein ziemlich wichtiger Umstand eintreten: Sie muss sich erst einmal in mich verlieben und davon war nicht auszugehen.

Asher zog jedoch ein Foto hervor. »Hier, sieh es dir an. Das bist du bei der Einschulung deiner Jüngsten.«

Ich schaute mir das Foto an. Celia erkannte ich sofort. Mich selbst ebenfalls, obwohl ich ein paar Pfund zugenommen hatte und eine Brille trug. Wir standen vor der Primary School in York.

»Tja, weit hinaus in die Welt bist du nicht gekommen«, sagte Asher. »Soll ich dir auch verraten, was du beruflich machst und wie die Sache mit Celia zustande gekommen ist?«

»Das ist ein Fake«, sagte ich. »Was soll das alles? Wer hat sich den Mist ausgedacht? Woher kommst du? Warum siehst du aus wie ich?«

»Nimm diese Kapsel und du bekommst auf alles eine Antwort«, war Ashers Antwort.

»Wer bist du?«, platzte es aus mir heraus.

»Ich bin du, irgendwie. Und du bist ich. Das ist eine sehr lange und komplizierte Geschichte.«

»Verschwinde!«, sagte ich nur. »Und zwar auf der Stelle.«

»Boston, komm schon. Es gibt immer nur ein paar Zeitfenster, in denen diese Transfers sicher gelingen. Wenn die Erdumlaufbahn nicht nah genug an einem Schwarzen Loch verläuft, funktioniert es nicht.«

Sein Tonfall nahm einen wirklich flehenden Klang an. Zum ersten Mal während dieses abgedrehten Gesprächs hatte ich das Gefühl, dass er es irgendwie ernst meinte.

»Keines deiner Kinder wird es bis zur Highschool schaffen, Boston. Glaub es mir. Keines wird volljährig. In knapp vierzig Jahren wird ein Virus sich in wenigen Monaten über die ganze Welt verbreiten. Wer sich infiziert, der altert in kürzester Zeit. Deine Hirnzellen verkalken schlagartig und ebenso schlagartig fällst du auf die Nase und bist tot. Dank gentechnischer Verfahren und mit der Hilfe von künstlicher Intelligenz wird zwar ein Impfstoff entwickelt werden. Die Ergebnisse sind anfangs berauschend, aber wie nach jedem Rausch kommt die Ernüchterung. Das Virus wird einfach schlauer sein, nach kurzer Zeit entstehen multiresistente Stämme, und die werden den Wettlauf gewinnen. Milliarden Menschen weltweit sterben, der Rest lebt danach in Schutzzonen unter ziemlich beengten Bedingungen. Wer dort lebt, kommt gar nicht mal so schlecht über die Runden. Für die draußen sieht es deutlich übler aus. Kapierst du jetzt, warum es uns verdammt ernst ist?«

»Und was soll ich dagegen tun? Bin ich etwa Captain America, der die Welt rettet?«

Etwas piepste in seiner Tasche. Er holte ein Gerät hervor, das kaum größer als eine Streichholzschachtel war, und schaute kurz darauf. »Ich muss weg. Wenn die anderen mich bei dir orten, ist sowieso alles umsonst gewesen. Ich kann dir nur sagen: Es gibt ein paar wirklich miese Typen, die ebenfalls Interesse an dir haben. Und die nehmen auf dich und deine Eltern und alle um dich herum keine Rücksicht. Aber Lux hat drauf gewettet, dass du ein Loser bist. Die Wette hat sie wohl gewonnen.«

Dann verschwand er mitsamt seinen Kapseln auf demselben Weg, auf dem er gekommen war. Er streckte jedoch noch einmal, bevor er in den Garten hinuntersprang, den Kopf durchs Fenster und sagte: »Am Ende wirst du es tun. Glaube mir. Also mach es dir und uns nicht unnötig schwer.

Danach habe ich bis zum Sonnenaufgang kein Auge mehr zugemacht, sodass ich am Morgen sicher sein konnte, dass ich diesen Unsinn auf keinen Fall geträumt hatte.

Ich vermute sehr stark, dass der Mistkerl bei dieser Gelegenheit mein Laptop hat mitgehen lassen, auf dem sie dann die ganzen Beweise gegen mich gefunden haben. Ich benutze das Laptop nicht so oft, weil ich die meisten Sachen auf meinem Smartphone mache. Außerdem bin ich manchmal ein bisschen schusselig mit meinem Kram. Am nächsten Tag schloss ich meinen Spind in der Schule auf und da lag das Laptop drin. Ungewöhnlich, das gebe ich zu, aber es kommt gelegentlich vor, dass ich es dort einschließe. Ich konnte mich zwar nicht daran erinnern, aber wie gesagt: Manchmal bin ich ein bisschen verpeilt.

Dass ich unter anderem deswegen später in einem FBI-Verhörraum landen würde, in dem mich zwei Special Agents in die Mangel nahmen, konnte ich ja nicht ahnen. Das alles passierte, bevor dann wirklich etwas passierte.

Und nun sitze ich am Ende der Welt im Schnee und weiß nicht, ob ich hier je wieder wegkomme. Soll ich dir was sagen: Mir ist zum Heulen zumute. Ich hatte ja keine Ahnung, was er mit »ein bisschen unter Druck setzen« meinte. Es ist eine hundsgemeine, miese Untertreibung. Er hatte vor, mein Leben vollständig zu ruinieren. Es so sehr den Bach runtergehen zu lassen, dass ich alles, aber auch wirklich alles tun würde, um mein altes Leben wieder zurückzubekommen. Sogar eine Kapsel schlucken, die mich ins Jahr 2134 katapultieren sollte.

III.

Federal Bureau of Investigation (FBI)
Außenstelle Omaha

4411 South 121st Court
Omaha, NE 68137-2112
Nebraska | USA

Montag, 8. August 2022 | 14:15 Uhr

Special Agent Rosalind Casey sah durch die verglasten Wände ihres Büros, wie sich die Frau im dunkelblauen Kostüm näherte. Das Klackern der Schuhe mit den hohen Absätzen, die Viola Travis fast immer trug, war trotz der verschlossenen Tür zu hören.

Ohne anzuklopfen, trat die stellvertretende Staatsanwältin für das County ein, grüßte kurz und zog ein iPad aus einer Aktentasche. Dann sank sie mit einem Seufzer auf einen der Besucherstühle vor Rosalinds und Gionellis Schreibtischen.

Rosalind ahnte nichts Gutes.

Die Staatsanwältin wischte auf ihrem iPad herum. »Sehr auffälliges Fahrzeug für Raubüberfälle, dieser schwarze Pick-up mit den Flammen«, sagte sie. »Wer sind eigentlich die anderen drei? Haben wir zu denen irgendetwas?«

Kopfschütteln bei Rosalind und Gionelli.

»Und dann grinst dieser Rotzlöffel in eine Kamera und serviert uns ein Halstuch mit DNA-Spuren wie auf dem Präsentierteller. Das ist alles sehr sonderbar.«

Rosalind schnaubte. »Es ist kein Rotzlöffel. Der hier ist schlauer.« Sie stand auf und kippte ihren Kaffee um. »Mist.« Peter Gionelli holte ein paar Servietten und wischte die Sauerei auf. »Frau Staatsanwältin – «

»Hör auf mit ›Frau Staatanwältin‹«, sagte Viola Travis. »Wir sind gemeinsam zur Schule gegangen, Gio.«

Gionelli nickte nur.

»Guck dir das an«, sagte er und deutete auf die Magnetwände hinter seinem Schreibtisch.

Fotos, Computerausdrucke und Zeitungsausschnitte überzogen die halbe Längsseite des Büros. Einige waren mit roten, andere mit blauen Linien verbunden.

»Das hier sind die Ausdrucke von Dateien, die wir auf seinem Laptop gefunden haben. Er hat es ein bisschen getarnt und verschlüsselt. Vor den neugierigen Blicken seiner ahnungslosen Eltern hat sie das geschützt. Unser Richie hatte allerdings keine große Mühe damit. Der Junge hat Kontakte zu ultrarechten Milizen, die nicht erst seit Donald Trump das Netz bevölkern. Für seine Chats hat er das Kürzel EH_DK 200 499 benutzt. Die Initialen der beiden Amokläufer und das Datum des Massakers an der Columbine High School im Jahr 1999.«

»Danke, jeder weiß, wann Columbine war«, sagte Viola Travis.

Rosalind überlegte, ob sie der Staatsanwältin nicht lieber

sagen sollte, dass sie all diese Unterlagen auch schon vor der Festnahme von Boston Coleman auf ihrem Tisch liegen hatten. Jedes Detail war ihnen bereits zugespielt worden, genau wie die Aufnahmen der öffentlichen Videoüberwachung. Das alles war nicht das Ergebnis hervorragender Ermittlungsarbeit. Sie verdankten es einem Informanten, dessen Identität ihnen jedoch verborgen blieb.

Ohne all das hätten sie in der vergangenen Woche nichts in der Hand gehabt, um den Zugriff in Gang zu setzen. Diese Tatsache konnte eine große Bedeutung haben. Wer war dieser anonyme Tippgeber? Welches Ziel verfolgte er? Und wie war er oder sie an das Material gekommen?

Irgendetwas stimmte nicht an dieser Geschichte. Dessen war Rosalind sich sicher. Sie wusste nur noch nicht, was. Aber sie konnte sich normalerweise auf dieses Gefühl verlassen.

»Agent Casey?«, hörte Rosalind ihren Namen und schreckte zusammen. Gionelli schaute sie mit gerunzelter Stirn an. Er hatte sie etwas gefragt, aber Rosalinds Gedanken waren zu sehr mit diesem mulmigen Gefühl beschäftigt gewesen.

»Was?«, fragte Rosalind. »Wie bitte?«

»Die Pläne!«, sagte Gio.

Rosalind zog sie hervor und legte sie auf den Wust von Unterlagen, die ihren Tisch bereits bedeckten.

»Das sind die genauen Pläne seiner eigenen Schule. Welchen Weg er nehmen muss, um an den Metalldetektoren vorbeizukommen, und das hier.« Gionelli tippte nacheinander auf sieben rote Punkte. »Hier wollte er die Sprengladungen anbringen.«

»Am Tag des Schulfestes hätte er damit hundert oder mehr Menschen zerfetzen können«, sagte Rosalind, die sich wieder beruhigt hatte.

»Wo habt ihr das Laptop gefunden?«

»In seinem Spind in der Schule.«

»Was sagt er dazu?«, fragte Viola Travis.

»Er wisse nichts von diesen Dateien.«

Viola Travis runzelte die Stirn. »Sie wurden ihm untergeschoben? Klingt nicht sehr glaubwürdig.«

»In der Tat«, bestätigte Rosalind. »Er hat in mehreren Chatrooms rassistische Parolen gepostet, Verschwörungstheorien geteilt, das volle Programm. Und dann immer wieder Hinweise auf gestern, auf den 6. August, was auch immer dieses Datum für ihn bedeutet.«

»Das Datum des Schulfestes«, ergänzte Peter Gionelli.

»Habt ihr im Haus die Waffe gefunden?«, fragte Viola Travis.

Beide Agents schüttelten den Kopf.

»Sprengstoff? Oder irgendetwas, womit man diese Bomben hätte bauen können? Zünder, Chemikalien, das übliche Zeug?«

»Nein«, sagte Rosalind.

»Er ist vierzehn Jahre alt.« Viola Travis schlug die Hände über dem Kopf zusammen. »Wir haben eine Busladung voll Zeugen, die ihn zur Zeit des Raubüberfalls knapp hundertfünfzig Meilen entfernt gesehen haben, darunter einen Sheriff. Er hat keine Bomben gelegt, nicht einmal eine gebaut. Und getötet hat er auch niemanden. Wir können ihn nicht hierbehalten. Der Haftrichter macht da nicht mit. Wenn wir jeden Spinner, der davon träumt, seine Schule in die Luft zu sprengen, einsperren würden, wäre manche Schule leer. Außerdem werden fast alle Amokläufe dieser Art von Weißen begangen. Irgendwie passt er nicht ins Muster.«

»Das meinst du jetzt nicht ernst«, platzte es aus Peter Gionelli hervor. »Wir sollen ihn gehen lassen, weil er nicht in irgendwelche Täterprofile passt und die falsche Hautfarbe für einen Massenmörder hat? Tickst du noch richtig?«

»Special Agent Gionelli, ich muss doch sehr bitten! Du weißt selbst, wie genau die Medien in einem solchen Fall hinschauen. Es ist ein Wunder, dass noch nichts durchgesickert ist, obwohl der Junge seit mehr als zwei Tagen hier in einer Zelle sitzt. Ihr wisst, dass die Frist schon überschritten ist. Ich habe mit meinem Chef gesprochen und der hat mit dem zuständigen Richter telefoniert. Ihr müsst ihn gehen lassen. Wenn ihr das Alibi nicht aushebelt, bekommt ihr keine Untersuchungshaft durch.«

»Wir haben den Ablauf in diesem Boyscout-Camp genau rekonstruiert«, brachte Rosalind vor, allerdings hörte sie selbst an ihrer Stimme, wie wenig überzeugt sie von der Stichhaltigkeit dieser Rekonstruktion war.

»Und?«, fragte die Staatsanwältin.

»Theoretisch hätte er es schaffen können«, sagte Rosalind.

»Theoretisch?«, fragte die Staatsanwältin. »Und praktisch?«

»Es gibt ein Zeitfenster von gut drei Stunden.«

»Wie weit ist es vom Camp bis zu diesem Supermarkt?«

»Genau hundertachtundvierzig Meilen eine Strecke, zweihundertsechsundneunzig Meilen hin und zurück und es ist eine Interstate, da geht es schneller«, sagte Gionelli. Travis schüttelte den Kopf. »Das glaubt ihr doch selbst nicht. Er wäre auf jeder Strecke mindestens fünfmal von einer Polizeistreife angehalten worden. Habt ihr eine Abfrage bei allen zuständigen Dienststellen gemacht?«

Gionelli nickte.

Rosalind seufzte. »Nichts.«

»Ihr setzt ihn auf freien Fuß. Er darf das County nicht verlassen und meldet sich jeden Tag beim örtlichen Sheriff.« Die Staatsanwältin zuckte die Achseln. »Oder ihr findet jemanden, der ihn mit einem Helikopter zum Ort des Überfalls gebracht hat. Oder was auch immer, verdammt.«

Tonbandprotokoll

Asservaten-Nr.:	KxCV	24-111v
Aufnahmegerät:	Revox A77 MkIV
	(Baujahr 1978)
Transkription:	Lucas Butler (lb)

Ich verspreche es, ich heule euch jetzt nichts mehr vor, auch wenn mir immer noch danach ist. Heute Morgen ist mir nämlich das letzte Rührei komplett verkohlt. Vielleicht fragst du dich, woher ich dafür die Eier hatte. Ich habe nicht einmal Hühner, die sie legen könnten. Aber in einem von Kyles Verstecken mit Lebensmitteln habe ich Eipulver gefunden: Judee's Whole Egg Powder. Garantiert aus ganzen Eiern und nur aus Eiern und sonst nichts, so steht es drauf. Glutenfrei. Hundert Prozent reines Ei-Produkt, pasteurisiert, ohne Gentechnik, hergestellt von UEP-zertifizierten Eierbauern in den Vereinigten Staaten von Amerika.

Hoch lebe Kyle!

Ich könnte für Eier töten, am liebsten mag ich Spiegeleier, aber die kriegt man aus dem Pulver nun wirklich nicht hin.

Leider war nur noch eine Packung trocken und ohne Schimmel oder Mäusekacke, sodass ich mir bisher nur einmal in der Woche eine Portion mit Wasser angerührt und gebraten habe, heute die letzte und dann: wieder so ein komisches Geräusch draußen. Ich gucke nach und kontrolliere bei der Gelegenheit noch einmal alle Türen und Fenster, und am Ende komme ich zurück und es raucht und stinkt und in der gusseisernen Pfanne liegen nur noch schwarze Reste. Aber was weg ist, ist weg, und es lohnt sich nicht, darüber zu jammern. Ich lebe hier ja gar nicht mal so schlecht. Es geht auf Silvester zu, noch zwei Tage, dann ist es so weit. Ich habe drei Wunderkerzen gefunden, die werde ich abfackeln und dazu mit einem der großen Teddybären aus dem Kinderzimmer tanzen. Der eine ist ein Pandabär und der andere ein Ich-weiß-nicht-was-Bär, der eine pinkfarbene Schleife um den Hals trägt und mir bis zur Schulter reicht, wenn er stehen könnte. Was er nicht kann, weil er ein kleiner Schlaffi ist. Oder besser: sie. Auf seiner Schleife steht nämlich Daisy.

Jetzt muss ich nicht mehr mit Kyle reden. Es redet sich viel leichter, wenn dir jemand gegenübersitzt. Auch wenn es nur ein dicker Plüschbär ist. Lach mich aus, aber ich nehme ihn jetzt immer nachts mit ins Bett und kuschele mich an ihn.

Vor nicht einmal einem halben Jahr schienen sich die Dinge zunächst wieder in einigermaßen normalen Bahnen zu bewegen. Ich hatte zwei Nächte in einer Zelle mit einem Bett und einem Klo und sonst nichts verbracht. Insgesamt war ich viermal aus dem Keller hinauf in einen der Verhörräume geholt worden, aber weiterhin nannten sie es nicht Verhör, sondern Befragung. Zwischendurch gab es Mahlzeiten, gegen die Kyles Überlebensmenüs hier ein wahres Festessen sind. Allein schon wegen des schlechten Essens würde man irgendwann alles gestehen.

Aber ich habe nichts gestanden.

Und ich tu es auch jetzt nicht.

Im August war mir allerdings gar nicht zum Scherzen zumute, weil sie mir nach dem Raubüberfall auch noch einen Amoklauf in meiner eigenen Schule in die Schuhe schieben wollten, aber es wohl nicht beweisen konnten.

Ich schwöre noch einmal, dass dieser ganze Mist auf meinem Laptop nicht von mir stammt. Ich klinge nicht sehr vertrauenswürdig und das wird noch schlimmer, aber hier ein weiteres Mal fürs Protokoll: Ich. Wollte. Nicht. Meine. Schule. In. Die. Luft. Sprengen.

Am Nachmittag des 7. August kam eine Frau, die mich in Gegenwart von meinen Eltern und von Charlie Gibbons erneut verhörte. Sie trug Schuhe, mit deren Absätzen man jemand umbringen könnte, so hoch und spitz waren sie. Ihren Namen habe ich vergessen, aber sie war stellvertretende Bezirksstaatsanwältin. Ich könne jetzt gehen, solle mich aber zur Verfügung halten, dürfe das County nicht verlassen und müsse mich täglich um zehn Uhr in York im Sheriffbüro melden.

In der Zeit, in der ich in der Zelle schmorte, hatte ich einen Plan geschmiedet: Ich würde Asher und seine Truppe in eine Falle locken. Irgendetwas musste mir einfallen, damit er noch mal bei mir vorbeikam, meinetwegen auch wieder durchs Fenster und in nassen Turnschuhen. Am besten wäre es, wenn diese FBI-Frau und ihr nach Zwiebeln stinkender Kollege schon auf der Lauer lägen, aber mir war klar, dass ich das nicht hinkriegen würde. Stattdessen würde ich mir eine Webcam besorgen. Eine, die auch nachts lichtstark genug ist. Eine, die Asher und mich aufnimmt. Mit einem guten Mikrofon. Das würde mich entlasten.

Ein guter Plan, dachte ich. Ein Plan, für den ich das County nicht verlassen musste. Ein Plan, bei dem ich mich jeden Tag um zehn Uhr im Büro von Sheriff Sleepy-Josh Miles in York melden konnte.

Erst einmal verfrachteten Mom und Pa mich jedoch in den Kastenwagen, mit dem sie normalerweise im Großmarkt einkauften oder die bestellten Torten und Mittagsmenüs ausfuhren. Ich saß auf der Rückbank, eingequetscht zwischen Charlie Gibbons und einer roten Wanne, in der die Kuchenplatten mit eingetrockneten Teigresten von einer Hochzeit bei jeder Unebenheit auf der Straße schepperten.

Charlie plapperte die ganze Zeit vor sich hin, was wir nun alles tun müssten, um eine Verteidigung aufzubauen, bis Pa der Kragen platzte.

»Charlie, wir müssen gar nichts tun, weil Boston nichts getan hat«, sagte er. Mom starrte auf die Fahrbahn. Ihre Hände umklammerten das Lenkrad dermaßen fest, dass die Finger weiß leuchteten.

Mir war klar, dass sie nicht ganz Pas Meinung war.

Wir überquerten den South Platte River, irgendwo hier gab es ein Luftfahrt-Museum, das wir einmal besucht hatten, weil Pa dachte, ich interessiere mich dafür, was aber nicht stimmte. Greenwood und Waverly zogen vorbei, kurz hinter Lincoln setzte Mom den Blinker und steuerte eine Tankstelle an.

Sie drehte sich zu mir um. »Etwas essen?«, fragte sie und

Charlie antwortete begeistert: »Für einen Burger würde ich einen Mord begehen.«

Ich musste grinsen. Feingefühl war eher ein Fremdwort für Charlie.

Ich hatte zwar Hunger, aber keinen Appetit. Ich spürte, dass mit Mom etwas nicht in Ordnung war. Weiß sie etwas, das ich wissen sollte? Hat sie einen Verdacht? Traut sie mir vielleicht nicht mehr?, fragte ich mich.

»Eine Coke?«, sagte ich.

Mom nickte.

Ich stieg aus.

»Wo willst du hin?«, fragte Mom.

Misstrauen. Da war Misstrauen. Wenn sie sich sorgte, war sie irgendwie anders. Nicht so still und knapp.

Die Tankstelle ausrauben!, lag mir fast schon auf der Zunge, aber ich konnte mich beherrschen. Das war nicht der richtige Moment für dumme Scherze.

»Pinkeln«, sagte ich.

Die Raststätte schien in erster Linie für die großen Trucks angelegt, die auf der Interstate von Chicago kommend durch Wyoming bis Salt Lake City fuhren. Aber die bretterten wohl noch ein ordentliches Stück weiter, bevor sie eine Pause einlegten. Nicht einmal ein halbes Dutzend Lastwagen standen auf den Parkplätzen und die Waschräume waren bis auf einen bis zum Kinn tätowierten Latino, der sich am Waschbecken rasierte, leer.

Ich betrat eine der Kabinen und setzte mich auf die Klobrille. Ich musste gar nicht pinkeln. Ich wollte nur ein paar Minuten alleine sein, auch wenn ich das schon die meiste

Zeit im Field Office des FBI in Omaha gewesen war. Dort auf der Pritsche im Keller war mein Kopf völlig leer gewesen. Seit wir im Auto saßen, rasten die Gedanken nur so durch meinen Kopf.

Erst auf der Rückbank zwischen Kuchenplatten und Charlie war mir klar geworden, dass alles, was in den letzten Tagen passiert war, kein dummer Streich oder ein noch dümmeres Versehen war.

Ich musste mit meinen Eltern über Asher sprechen. Oder zuerst mit Celia? Sie war manchmal schlauer als ein ganzes Lehrerzimmer.

Vorne an den Waschbecken pfiff der Trucker eine Melodie, die mir bekannt vorkam. Zwischendurch streute er immer wieder ein paar Textzeilen auf Spanisch ein.

An der Kabinentür hing ein Werbeplakat eines Reifenherstellers. Ich weiß nicht mehr, ob es Continental oder Pirelli war. Aber ich habe die Karte noch vor mir. Es war eine Karte mit dem Netz der Interstates, auf denen die Rasthöfe mit kleinen Fähnchen markiert waren.

Welche Strecke würde der Trucker nehmen?, fragte ich mich und plötzlich reifte in mir die Idee, nein, es war keine Idee, sondern das dringende Bedürfnis, ihn anzusprechen und zu fragen, ob er mich mitnehmen könnte.

Vielleicht bog er hinter Ogallala auf die Interstate 76 runter nach Denver ab, quer durch Colorado, weiter über die 25 nach Albuquerque. Wir würden New Mexico hinter uns lassen und rüber nach Mexico fahren, vielleicht bis nach Ciudad Juárez, wo keine Special Agents mehr Zugriff auf amerikanische Staatsbürger hatten, auch nicht auf Amokläufer oder Vierzehnjährige, die Geldtransporter überfielen.

Wenn du zwei Tage in einer Zelle gesessen hast, kommst du auf sonderbare Gedanken, das kann ich dir sagen. Im Nachhinein wäre es eine gute Lösung gewesen, aber dann hörte ich plötzlich nichts mehr. Kein Pfeifen, keinen spanischen Refrain. Der Trucker hatte sich mit einem herb riechenden Deo eingenebelt und war gegangen.

Ich hob die Hand, um den Knopf der Spülung zu drücken. Meine Finger schwebten noch über der spiegelnden Taste, als in der Kabine links neben mir das Wasser durch die Schüssel in den Abfluss rauschte.

Es war noch jemand da.

Ich hatte keinen Mucks von ihm gehört. Kein Atmen, kein Rascheln, kein befreites Seufzen und auch keinen Furz oder so etwas.

Bevor ich mir weiter Gedanken machen konnte, schaute jemand über den oberen Rand der Trennwand.

Asher. Er grinste und fragte: »Hey, Knacki. Haben sie dich gehen lassen?«

Im selben Moment schlug mir die Kabinentür in den Rücken. Jemand drehte mir den linken Arm ziemlich unsanft nach hinten. Mit der anderen Hand drückte er mir einen Lappen auf Nase und Mund. Es roch chemisch und ein bisschen süßlich.

»Tu ihm nicht weh, Lux«, hörte ich aus weiter Entfernung Ashers Stimme. Ich sah noch, wie er sich die ganze Szene von oben anschaute, aber es brauchte nur wenige Herzschläge, bis die flimmernde Leuchtstoffröhre über seinem Kopf alles überblendete. Aus dem, was auf meiner Netzhaut noch ankam, wurden Lichtschlieren, die plötzlich alle Farbe verloren und von einer tiefschwarzen Dunkelheit überwältigt wurden. Dann verlor ich die Besinnung.

Bist du schon einmal weggetreten? So richtig? Vielleicht bei einer Operation mit Vollnarkose oder so? Mir haben sie vor ein paar Jahren den Blinddarm entfernt, leider erst nachdem er schon durchgebrochen war. Ein ordentlicher Schnitt war nötig, aus dem leider eine fette, lange Narbe geworden ist. Als der Arzt die Narkose vorbereitet hat, sagte er, ich solle beim Einschlafen an etwas Schönes denken, man könne sich seine Träume in einer Narkose aussuchen. Das ist ziemlich schiefgegangen damals, weil ich in der letzten Sekunde vor dem Wegtreten diesen miesen Blinddarm vor Augen hatte. Und zwar wie er platzt und in meinem Bauch eine furchtbare Sauerei veranstaltet.

Als ich in den Armen von Lux wegsackte, hatte ich keine Zeit mehr, mir einen süßen Traum auszudenken. Durch meinen Kopf rasten die wildesten Fantasien, der Traum von meinem Blinddarm war da eher wie eine Märchenstunde mit Einhörnern, ganz sicher.

Waco, Nebraska
Haus der Familie Coleman

606 Stockton Street
Waco NE 68460
Nebraska | USA

Dienstag, 9. August 2022 | 19:00 Uhr

Rosalind und Gionelli hatten die Kollegen abgelöst, die das Haus der Colemans seit der Entlassung von Boston am Vortag überwacht hatten. Lange würden sie das nicht durchhalten, das war klar. Ihre Abteilung war knapp besetzt, eine lückenlose Überwachung kaum zu bewältigen. Wenn nicht schnell etwas passierte und sie neue, bessere Hinweise fanden, würde dieser Fall im Sand verlaufen.

Peter Gionelli saß neben ihr und kritzelte mit dem Bleistift in einem seiner Kreuzworträtselhefte herum. Es war die einzige Tätigkeit während der Überwachung von Verdächtigen, die ihn davor bewahrte, nach ein paar Minuten einzuschlafen. Rosalind ekelte sich vor den abgekauten Bleistiften, die mittlerweile samt den zerfledderten Heftchen auch in ihrem Auto herumlagen.

»Edelgas mit vier Buchstaben?«, fragte Gio.

»Neon«, antwortete Rosalind. Eigentlich löste sie den Großteil dieser Rätsel, nicht er. »Das Zeug in Leuchtstoffröhren.«

»Ah«, sagte Gio und kritzelte die Buchstaben in die Kästchen.

Draußen tat sich nichts.

Die Häuser in dem winzigen Nest glichen sich, aber doch sah keins genau aus wie das andere. Eine Veranda mit einem schneeweiß gestrichenen Holzgeländer gehörte auf jeden Fall immer dazu und Rosalind konnte sich gut vorstellen, wie vor nur wenigen Jahrzehnten hier Großväter im Schaukelstuhl gesessen und Pfeife geraucht hatten. Vielleicht hatten sie auch ein Budweiser aus der Flasche getrunken. Eiskalt aus der Kühltasche, die direkt neben ihnen stand.

Waco hatte knapp über zweihundert Einwohner, zwei Kirchen, ein Postamt und sogar eine eigene Highschool. Warum schickten die Colemans den Jungen auf die Schule in York und nicht auf diese hier? Immerhin musste er dafür jeden Tag zehn Meilen fahren.

Rosalind war sich sicher, dass selbst der letzte Waschbär in seinem Bau schon wusste, was die Frau und der Typ in ihrem auffällig unauffälligen Lincoln machten.

Aber das war egal. Boston Coleman sollte ruhig merken, dass sie an ihm dran waren.

»Warum heißen die Knirpse eigentlich Wölflinge?«, fragte Rosalind. Sie hatte die Frage eigentlich sich selbst gestellt. So etwas passierte ihr häufiger, wenn in der endlosen Langeweile einer Observation die Gedanken von hier nach da wanderten.

Zu Rosalinds Erstaunen antwortete ihr Partner wie aus der Pistole geschossen: »In der Pfadfinderbewegung werden die sieben- bis elfjährigen Kinder so genannt. In Anlehnung an die Dschungelbücher von Rudyard Kipling. Die Gruppen heißen Meute und die wiederum sind in Rudel unterteilt.«

Rosalind starrte ihn mit großen Augen an. »Warst du als Junge bei den Boyscouts?«

Gionelli schüttelte den Kopf. »Ich habe meine Kindheit vorm Fernseher verbracht. Aber das wird oft in Kreuzworträtseln gefragt. Außerdem ist unser Kunde bei den Boyscouts, da lohnt es sich vielleicht, sich ein bisschen zu informieren.«

Manchmal überraschte Gionelli seine Kollegin.

»Es tut sich was«, sagte Rosalind mit einem Blick in den Rückspiegel.

Eine Person auf einem Mountainbike näherte sich: Celia Rowe. Sie warf ihr Fahrrad in die Einfahrt und nahm die Stufen zur Veranda mit einem einzigen Satz. Bisher hatte das Mädchen einen eher schläfrigen Eindruck gemacht, aber es schien mehr in dieser Celia zu stecken.

Liz Coleman begrüßte Celia an der Tür und bat sie herein.

Rosalind steckte sich den Ohrhörer in die Ohrmuschel. Das Haus war komplett verwanzt, immerhin diese Genehmigung hatten sie bekommen. Allerdings konnte die Staatsanwältin nicht zusagen, dass man die Erkenntnisse aus dieser Abhörungsmaßnahme später vor Gericht wirklich gegen Boston verwenden konnte. Falls er überhaupt vor einem Richter landen würde.

Rosalind war sich da nicht sicher. Genau genommen war sie nicht einmal davon überzeugt, dass Boston ihr Täter war. Sie hatte selten bei einem Fall ein so ungutes Gefühl gehabt.

Liz Coleman lud Celia ein, mit ihnen zu Abend zu essen, und Celia nahm die Einladung dankend an. »Boston duscht gerade«, sagte sie dann.

Das Mädchen half Bostons Vater solange in der Küche. Wasserrauschen im Bad, belangloses Geplänkel in der Küche. Liz Coleman führte in der Zwischenzeit ein Telefonat mit einer Freundin an der Ostküste. Celia bat darum, sich die Hände waschen zu dürfen.

»Ich gehe kurz hoch aufs Gäste-WC«, hörte Rosalind Celia sagen. Sie seufzte.

»Was denn?«, fragte Gionelli seine Kollegin.

»Ich hasse es, auf der Straße in einem Auto zu sitzen und den Alltag anderer Leutezu belauschen. Hab selbst genug Alltag«, sagte Rosalind.

Im Badezimmer wurde das Wasser abgestellt, mehr als ein leises Rascheln war nicht mehr zu hören. Vermutlich trocknete sich Boston Coleman gerade ab. Dann jedoch erklang ein kaum wahrnehmbares Surren. Rosalind hätte das Geräusch fast überhört.

»Tak?«, sagte Boston.

Rosalind fummelte schnell den zweiten Ohrstöpsel hervor und gab ihn Gionelli. »Schnell!«

Er steckte ihn sich ins Ohr. Fast gleichzeitig öffnete er das Laptop, das auf seinem Schoß lag. Darüber konnten sie die Telefonate mitschneiden.

»Nie powinieneś dzwonić. Tylko w nagłych wypadkach«, flüsterte Boston jetzt.

»Was reden die da?«, fragte Rosalind ihren Partner im Auto. »Hast du es?«

»Verdammt, nein.« Gionelli tippte hektisch auf der Tastatur des Laptops herum. »Es ist nicht sein Smartphone. Es ist ein anderes oder er hat ein neues, jedenfalls komme ich da nicht so schnell ran.«

»Transfer musi przebiegać tak szybko, jak to możliwe, w przeciwnym razie okno czasowe zostanie zamknięte.«

»Hast du verstanden, was er gesagt hat?«, zischte Rosalind. Sie und Gio sprachen miteinander, als stünden sie versteckt hinter dem Duschvorhang im Badezimmer.

Gio schüttelte den Kopf. »Italienisch war es nicht.«

»Osten«, sagte Rosalind. »Russisch oder Ukrainisch?«

»Musisz sobie z tym poradzić samodzielnie. Nie ma mowy, bo inaczej cała misja będzie zagrożona.«

Jemand im Haus klopfte an die Badezimmertür. »Bo, ist alles in Ordnung?«

»Klar, Mom. Ich bin gleich bei euch«, hörten sie Boston antworten und dann wieder viel leiser: »Muszę iść.« Danach beendete der Junge das Gespräch.

»Möchtest du ein paar Spiegeleier und Speck?«

»Nein, Mom. Mach dir keine Mühe. Ich komme sofort.«

Schritte entfernten sich, eine Tür wurde geöffnet und ein spitzer, kurzer Schrei ertönte.

»Celia!«, rief Boston aus.

»Ich habe mir die Hände gewaschen, sorry«, antwortete das Mädchen.

Wahrscheinlich waren sie auf dem Flur zusammengestoßen. Hat sie vielleicht gelauscht?, fragte Rosalind sich.

»Ich ... äh ... zieh mir wohl besser etwas an«, stotterte Boston Coleman verlegen.

»Bin unten«, antwortete Celia.

Rosalind schaltete auf den Kanal, der mit den Mikrofonen in der Küche verbunden war. Die Leitung war tot. »Mist«, stieß Rosalind aus. Sie schlug mit der flachen Hand auf das Gerät. Nach ein paar Augenblicken spuckte es wieder aus, was es sollte.

»Wenn er keine Spiegeleier will, geht es ihm nicht gut«, konnte Rosalind hören. Das war die Stimme von Liz Coleman.

»Da bist du ja«, sagte Archie Coleman.

Sein Sohn hatte wohl die Küche betreten. »Alter, hab ich einen Heißhunger«, sagte Boston.

»Soll ich dir was gestehen?«, fragte Rosalind ihren Partner auf dem Beifahrersitz.

»Ich werde es wohl nicht verhindern können«, antwortete dieser.

»Ich habe dem Jungen bei den Verhören im Field Office geglaubt. Irgendwie habe ich ihm geglaubt, obwohl alles gegen ihn spricht«, sagte Rosalind nachdenklich.

»Ich habe ihm keine Sekunde geglaubt.« Gionelli zuckte mit den Achseln. »Keine einzige Sekunde.«

»Dann hast du vielleicht den besseren Riecher«, sagte Rosalind, auch wenn sie das nicht gerne zugab. Schließlich war sie es, die für ihren untrüglichen Instinkt bekannt war.

Aber spätestens nach diesem sonderbaren Telefonat musste sie es zugeben. Was auch immer er am Telefon besprochen hatte, versuchte er offensichtlich zu verbergen.

Und woher hatte er ein weiteres Smartphone, von dem sie nichts wussten? Die Geräte seiner Eltern hatten sie auf der Peilung und sogar das des Anwalts.

Den Rest des Abends redeten sie im Haus nur noch über belangloses Zeug. Man spürte fast, wie sehr sich alle bemühten, das Thema, das eigentlich allen auf den Nägeln brannte, zu umschiffen. Nur einmal machte Liz Coleman einen vorsichtigen Versuch, etwas aus Celia herauszubekommen – erfolglos.

»Weiß sie mehr?«, murmelte Rosalind. Sie hatte es eher zu sich selbst gesagt, aber Gionelli antwortete: »Solche Typen sind oft Einzelgänger. Kann sein, dass sie keinerlei Ahnung hat.«

Ahnung. Von was genau?, fragte Rosalind sich.

Es ging in dem Geplauder um den Coffeeshop, die in diesem Monat zum ersten Mal ein sattes Plus einbrachte, um die Wahlen zum Stadtrat, für den Liz Coleman kandidieren wollte, und um Mathematik und ein Experiment mit dem Namen Laplace, von dem Boston nicht den leisesten Schimmer zu haben schien. Der Junge war danach sehr einsilbig.

»Laplace?«, murmelte Rosalind. Sie hatte eine vage Erinnerung, das Wort schon einmal gehört zu haben, als sie Mathe mit einem ihrer Kinder geübt hatte.

»Wahrscheinlichkeitsrechnung«, sagte Gionelli. Er hob das Kreuzrätselheft in die Höhe. »Das bildet, ich sag es dir.«

»Schick die Sprachdateien in die Zentrale. Ich will wissen, welche Sprache das war. Und was er gesagt hat.«

Ein paar Minuten später kam das Ergebnis. Es war Polnisch.

»Wusstest du, dass er fließend Polnisch spricht? Haben die Colemans polnische Wurzeln?«, fragte Rosalind.

Gionelli schüttelte den Kopf, dann hielt er Rosalind das Laptop hin.

›Du sollst nicht anrufen‹, stand dort. Der zweite Satz lautete: ›Der Transfer muss bald laufen, sonst schließt sich das Zeitfenster.‹

Mit den Worten ›Du musst allein damit klarkommen. Ich kann auf keinen Fall, sonst wird die ganze Mission gefährdet‹ hatte er das Gespräch beendet.

»Also doch«, sagte Rosalind. »Er plant etwas. Und er hat Komplizen.«

Tonbandprotokoll

Asservaten-Nr.:	KxCV	24-111v
Aufnahmegerät:	Revox A77 MkIV
	(Baujahr 1978)
Transkription:	Lucas Butler (lb)

Silvester habe ich gut hinter mich gebracht. Wenn es wirklich Silvester war. So ganz traue ich meinem Kalender und meinen Kreuzchen nicht mehr. Aber eigentlich ist es auch egal, ob das Jahr gestern, heute oder vielleicht erst in drei Tagen vorüber ist. Horror war es so oder so.

[lacht]

Happy New Year, sage ich nur, in welchem Jahr auch immer du dich gerade befindest. Wer weiß, wann du diese Tonbänder entdeckt hast.

Trotz der eisigen Kälte und der Unmenge von Schnee bin ich um Mitternacht hinausgegangen bis hoch zu einem kleinen Plateau. Das ist im Dunkeln nicht so einfach gewesen. Wenn du dich in dieser lausigen Kälte verirrst, bist du hinüber. Nachts verlierst du hier die Orientierung, das geht ganz schnell und dann hängst du in diesem miesen Wald fest, bei minus fünfundzwanzig Grad. Ich weiß nicht, wie lange es dauert, bis die Kältestarre einsetzt. Den nächsten Tag erlebst du wahrscheinlich nicht.

Sicher fragst du dich, warum ich mitten in einer Silvesternacht ungefähr eine Meile weit durch die Gegend latsche. Ganz einfach. Weil das Plateau weit und breit der höchste Punkt zu sein scheint.

Ich habe in der Werkstatt hinten im Schuppen einen Höhenmesser gefunden, der ganz so wirkt, als täte er noch seinen Dienst. Der Typ hat in diesem Haus fast alles, was einen Survival-Freak glücklich macht, man muss es nur finden. Tabletten zur Wasseraufbereitung, ein Radio, bei dem die Batterien hinüber sind, und zig andere praktische Dinge. Alles hübsch verpackt in einem Survival-Rucksack. Keine Ahnung, wofür er diesen Höhenmesser gebraucht hat. Oder braucht. Vielleicht steht er ja eines Tages doch noch vor der Tür und wundert sich, was ich hier mache.

Jedenfalls zeigt das Gerät knapp fünfeinhalbtausend Fuß an. Von dieser Höhe aus sollte man bei gutem Wetter schon ziemlich weit sehen können. Ganz besonders in einer sternklaren Nacht. Noch besser ist es an einem Abend, an dem die Leute jede Menge Raketen in die Luft schießen. Feuerwerk, meine ich. Silvester eben.

Praktisch nützt es mir zwar nicht viel, zu wissen, dass da im Tal Leute herumturnen, Happy New Year jubeln und sich um den Hals fallen, aber es wäre ein gutes Gefühl.

Es würde mich beruhigen.

Kennst du diesen Film, in dem ein Typ nach einer Pandemie völlig allein in New York übrig bleibt? Er schickt dann über ein altes Radio, wie das aus dem Rucksack, Botschaften raus, geht jeden Tag zur gleichen Zeit an dieselbe Stelle. Falls jemand die Botschaft hört, soll er auch dorthin kommen. Ich verrate dir nicht, ob es klappt. Vielleicht willst du dir den Film noch angucken.

Ganz so schlimm ist es bei mir nicht. Ich weiß, dass ich nicht alleine auf der Welt bin.

[lacht]

Okay, ich kann es auch kurz und knapp sagen: Ja, ich habe den Weg auf den Berg im Dunkeln gefunden, auch den Weg zurück, wie du an diesem Tonband merkst. Zwischendrin war es aber richtig, richtig beschissen.

Zu sehen gab es nämlich: nichts.

Dunkel.

Dunkel.

Dunkel.

Keine Rakete. Kein Silvesterfeuer. Vielleicht war ich doch ein paar Tage zu früh. Und dann hat mich für einen kurzen Augenblick – zugegeben, es war eine gute halbe Stunde – das große Elend gepackt.

Ich bin nun mal nicht der Abenteurertyp, so ist es einfach. Ein Abenteurer hätte bestimmt sofort Ja gesagt bei dem Vorschlag, den Jacs, Yuval und Lux mir in diesem Hangar gemacht haben, nachdem ich wieder halbwegs auf den Beinen war.

Beim Aufwachen dröhnte mein Kopf. Es fühlte sich an, als tanze eine Truppe texanischer Cowboys Western Square Dance in meinen Gehirnwindungen. Meine Zunge klebte am Gaumen, das pelzige Gefühl und der Geruch, der mir beim Öffnen der Lippen in die Nase strömte, erinnerten an einen Spüllappen, den man besser schon vor ein paar Wochen entsorgt hätte.

Nur langsam bauten meine Sinne sich wieder zusammen. Ich spürte, dass ich auf einer unbequemen Pritsche lag, mein verschwitzter Bauch klebte auf einer Liegefläche aus Plastik. Aus meinem Mund lief mir Spucke über das Kinn auf ein dünnes Kissen, in das ich ganz sicher nicht als Erster sabberte.

Raus, weg, bloß weg hier!, schoss es mir durch den Kopf, aber mein Körper, alles, was man braucht, um sich aus so einer Situation zu befreien, versagte den Dienst. Ich konnte gerade noch meinen rechten Arm, der von der Pritsche auf den Boden hing, anheben – nur um zu entdecken, dass sich eine fette haarige Spinne über meinen Unterarm auf den Weg nach oben machte. Bei den Boyscouts hatten wir eine eigene Sammlung von getrockneten und aufgespießten Spinnen. Giftspinnen, Schwarze Witwen und die –

»Loxosceles reclusa«, hörte ich mich selbst sagen. Es war ein Flüstern, aber trotzdem dröhnte jede Silbe in meinem Schädel.

»Was brabbelt er?«, fragte jemand.

»Er lebt«, stieß eine andere Stimme erleichtert aus.

»Natürlich lebt er«, sagte eine dritte Person. »Das Zeug ist total harmlos.«

Damit war wohl das Betäubungsmittel gemeint, das sie mir auf die Nase gedrückt hatte. Und ›sie‹ war Lux. Langsam ordneten sich meine kleinen grauen Zellen wieder. Besser fühlte ich mich dadurch nicht, aber ich sah klarer. Sehr klar wurde mir im selben Augenblick, dass ich nackt war. Splitternackt.

Schlagartig war ich hellwach.

Ich raffte das Erstbeste, das ich greifen konnte. Es war ein Bettlaken. Sie hatten es wohl freundlicherweise über mir ausgebreitet, aber ich hatte es im Kampf mit dem Chloroform, oder mit was auch immer sie mich betäubt hatten, weggestrampelt. Ich bedeckte, was nun wirklich nicht zur freien Ansicht gedacht war.

»Wo sind meine Klamotten? Wo bin ich? Was soll die ganze Scheiße?«, waren die ersten Fragen, die ich herausbekam. Eigentlich waren es auch die einzigen Fragen.

»Was die ganze Scheiße soll, darf ich dir nicht sagen«, antwortete Lux. »Wo du bist? Ich bin mir nicht ganz sicher, ob es South Dakota, Minnesota oder Iowa ist. Jedenfalls keine dreißig Meilen westlich von Sioux Falls. Wir sind die letzten drei Mal hier angekommen. Es ist ein ehemaliger Flugzeughangar. Und deine Klamotten, das ist doch klar, wo die sind.«

Jacs kicherte. »Vermutlich in der Waschmaschine bei deinen Eltern. Sie haben bestimmt nicht gut gerochen, nachdem du darin ein paar Tage und Nächte im FBI-Knast verbracht hast.«

»Kommt, Leute, seid ein bisschen nett zu ihm«, sagte Yuval. »Wir brauchen ihn und er kann doch nichts für ... na ja, für die ganze Sache, in die wir ihn geritten haben.«

Lux zeigte auf die Pritsche. »Okay, setz dich. Jacs, du holst ihm ein paar Sachen von Asher. Bis wir uns auf den Weg machen, muss er doch nicht nackt rumlaufen. Das Zeug müsste ihm ja passen.« Sie lachte. »Bei Asher saßen deine Klamotten jedenfalls wie angegossen.«

Ich glaube, dass ich in dem Moment kapiert habe, was abgegangen ist. Sie hatten den Vorschlag, den Asher mir nachts in meinem Zimmer gemacht hatte, umgesetzt. Ich verstand nun, was er damit gemeint hatte, dass sie mich ein bisschen unter Druck setzen wollten. Was in den letzten Tagen passiert war, fühlte sich schon sehr nach Druck an. Mir war mittlerweile klar, dass es in dieser Hinsicht noch düsterer für mich aussehen konnte. Ihnen waren alle Mittel recht, um mich weichzukochen.

»Er sitzt jetzt zu Hause bei meinen Eltern und frühstückt?«, fragte ich.

Yuval schüttelte den Kopf. »Nicht ganz. Sie sind beim Abendessen. Und diese Celia ist übrigens auch dort. Du hast ganz schön lange gebraucht, bis du wieder zu dir gekommen bist.«

Yuval legte eine Hand auf mein Knie, da habe ich zuerst gezuckt, weil mir schon klar war, dass Jacs und Yuval ein Paar waren. Und, hey, ich saß immer noch splitterfasernackt da, nur in ein schmuddeliges Bettlaken gehüllt.

»Alter, was bist du denn für einer?«, sagte Jacs, als er meine Reaktion bemerkte. »Gehörst du zu den Arschgesichtern, die glauben, wir gehen jedem Typen an die Wäsche?«

»Jacs, keine Kampfreden jetzt.« Yuval schaute ihn böse an. Er wollte mich wohl beruhigen. »Wir versuchen, es dir jetzt so gut wie möglich zu erklären. Viel Zeit ist nicht. Wir haben nur ein knappes Fenster, in dem es gelingen kann.«

»Asher hat deinen Platz in Waco eingenommen«, sagte Lux. Sie grinste. »Wenn er sich anstrengt, kann er sich auch richtig gut benehmen, vertraue ihm. Er wird das gut machen.«

Jemandem von dieser Truppe zu vertrauen, war so ziemlich das Letzte, was mir in den Sinn gekommen wäre. Für einen klaren Gedanken war ich jedoch so oder so noch viel zu benebelt.

»Er wird versuchen, so unauffällig wie möglich zu sein und nichts zu tun, was dir nachher schaden könnte oder die Abläufe an wichtigen Punkten ändern würde, sonst provozieren wir einen Riss und das will keiner.«

»Das Raum-Zeit-Kontinuum, ich weiß schon«, knurrte ich.

»Siehste! Der Junge ist schlauer, als wir dachten«, sagte Yuval. »Asher hat dir bei seinem nächtlichen Besuch erklärt, um was es geht. Bei deiner Rückkehr wird alles wieder in bester Ordnung sein. Du wirst der Einzige sein, der sich noch an die Sache erinnert. Wie nach einem ziemlich verrückten Traum.«

Sein sanfter Singsang erreichte bei mir das Gegenteil von dem, was er wünschte. Mein linkes Bein begann nervös zu wippen.

»Es wird nichts schiefgehen, wenn du dich an unsere Anweisungen hältst«, sagte Lux. »Vor allem solltest du niemals mit irgendwem über all das reden. Am Ende freust du dich einfach still und für dich alleine darüber, dass du die Menschheit gerettet hast. Wenn du es erzählst, werden sie dich für durchgedreht halten. Also tust du das besser nicht.«

»Stopp!«, schrie ich. »Was soll das? Durchgedreht seid ihr, das ist doch wohl klar!«

Mir ging es in diesem Augenblick genauso wie dir jetzt beim Abhören dieses Bands. Ich dachte, ich sei im falschen Film oder steckte in einem wirklich bescheuerten Traum.

Lux atmete tief durch. »Du machst eine Reise in die Zukunft. Du musst sie machen. Du wirst gebraucht. Wir sind gekommen, um dich zu holen.«

Sie sagte das, als würde sie mich daran erinnern, dass ich noch einen Liter Milch aus dem Supermarkt mitbringen sollte.

»Okay«, sagte ich. Plötzlich herrschte absolute Stille im Raum. Alle starrten mich erstaunt an. »Okay, okay, okay«, wiederholte ich dreimal. »Vorausgesetzt, dass diese Sache funktioniert, diese, diese ...« Mein Verstand weigerte sich, das Wort auch nur auszusprechen. »... diese Zeitreise, die würde also funktionieren. Was in aller Welt soll ich machen, wenn ich an meinem Ziel angekommen bin?«

Blicke flogen zwischen Lux, Yuval und Jacs hin und her. »Ich habe es gleich gesagt«, rührte sich Yuval nach einer gefühlten Ewigkeit. »Wir müssen ihm reinen Wein einschenken. Aber du bist der Boss, Lux.«

»Na gut«, sagte Lux. »Dann erkläre es ihm.«

»In deinem Erbmaterial versteckt sich der Bauplan für die Herstellung eines Impfstoffes gegen das mörderische Virus. Es ist ein sehr kompliziertes Verfahren und man braucht dazu Stammzellen aus deinem Rückenmark. Genau genommen braucht das Forscherteam ziemlich viel davon.« Yuval druckste. »Um ganz genau zu sein, braucht man dein komplettes Rückenmark.«

Jacs grinste. »Und die gute Nachricht ist: Du bekommst es zurück.«

»Mach keine dummen Scherze«, zischte Lux.

Wahrscheinlich war ich nun endgültig leichenblass,

denn Yuval beeilte sich, mich zu beruhigen: »Das ist kein so großes Ding, nicht in unserer Zeit. Die Medizintechnik macht Quantensprünge in den nächsten Jahrzehnten. Du würdest dich wundern, wenn du wüsstest, was alles funktioniert. Das Risiko geht gegen null.«

»Warum nehmt ihr nicht Ashers Rückenmark? Wenn er ein komplettes Abbild meiner DNA hat – «

»Hat er aber nicht. Es klappt nur mit dir. Das ist doch etwas, oder? Mehr oder minder die ganze Menschheit hängt von dir ab. Du wirst mindestens zum *Man of the Year* in eurem Lokalblatt gekürt.«

Der zynische Unterton in Jacs Stimme verfestigte das Gefühl in mir, dass er mich aus irgendeinem Grund nicht sonderlich gut leiden konnte.

»Die Anomalie, die dich so besonders macht, liegt an Mutationen auf den Chromosomen 21, 14 und 1. Die bestimmen, ob du erblich bedingt Alzheimer bekommst oder nicht.«

Entspannter machte mich diese Information nicht gerade. Archies Dad war an Alzheimer erkrankt. Er hatte mit den Jahren alles um sich herum vergessen und konnte bald kein eigenständiges Leben mehr führen. Am Ende vergaß er sogar, dass er auf dem Klo saß und sich den Hintern abwischen musste.

»Das Ganze liegt an einem Zeug, das sich zwischen den Neuronen in deinen Gehirnzellen ablagert – und etwas ganz Ähnliches bewirkt dieses verdammte Virus.«

»Aber wie seid ihr auf mich gekommen? Sitzt in eurem verschissenen Jahr 2143 – «

»2134«, korrigierte Yuval.

»Das ist mir so was von egal«, schnaubte ich. »Sitzt da jemand und blättert in alten College-Jahrbüchern und wirft eine Münze und sagt dann: ›Yeah, Leute, wir nehmen Boston Coleman!‹, oder was?«

Da keiner etwas sagte, glaubte ich für den Bruchteil eines Augenblicks, dass ich mit meinem schlechten Witz richtiglag. So war es aber nicht.

»Du wirst nur wenige Jahre nach der Einschulung deiner Jüngsten eine medizinische Sensation auslösen«, sagte Yuval.

Er hatte nun wieder diesen unglaublich beängstigenden sanften Ton in der Stimme, der mich schon ahnen ließ, dass diese Sensation einen Haken hatte. Ich lag richtig. Yuval druckste herum, rückte dann aber damit heraus.

»Du bist der Patient, bei dem einem gewissen Dr. Luther Mockbridge der entscheidende Durchbruch gelingt. Eigentlich hätte er den Nobelpreis für Medizin dafür bekommen müssen, aber dann gab es Probleme. Mockbridge kam bei einem Brand des Labors ums Leben und seine Forschungsergebnisse gingen verloren. Kurz darauf war sowieso alles egal, weil die große Pandemie ausbrach. Ausgerechnet Luther Mockbridges Forschungsergebnisse hätten das verhindern können. Ein gemeiner Scherz des Schicksals. Übrig geblieben sind geklonte Embryonen, die Mockbridge aus Stammzellen hergestellt hatte.«

»Asher?«, fragte ich.

»Jepp. Und zwei weitere. Die sind aber eingegangen, also, nicht gewachsen. Es ist nie was aus ihnen geworden.«

Ich schnappte nach Luft. Dann waren es genau vier Worte, die ich herausbrachte: »Ihr seid völlig durchgedreht.«

Jacs trat wütend gehen die Pritsche. »War doch klar, dass er so reagiert.«

Er wandte sich mir zu und stieß mir bei jedem Wort den Zeigefinger gegen die Brust. »Falls du nicht tust, was wir von dir verlangen, wirst du richtig mies abkacken. Du kommst nie mehr aus dem Knast raus. Oder nur, um dann den Rest deines Lebens in der Klapsmühle zu sitzen. Wir haben noch hier und da etwas in Reserve, das dir den Rest gibt.«

So viel kann ich an dieser Stelle schon sagen: Er meinte damit die Sache mit Raff Myers. Sie wollten mir die Luft dermaßen abschnüren, dass ich auf ihre schwachsinnige Nummer einfach eingehen musste.

Ich starrte ihn schweigend an. Dann schloss ich die Augen und seufzte tief. Ich spielte die Schmerzen, die in meinem Kopf tobten, noch etwas dramatischer aus. Einfach weil ich Zeit brauchte. Ich musste meine Gedanken sortieren, aber es gelang mir nicht.

»Verdammt, Jacs!«, sagte Yuval. »Was soll das, der Kleine ist sicher vernünftig.«

Da war ich mir nicht so sicher, dass ich das sein würde. Und *der Kleine* brauchte er mich schon gar nicht zu nennen, er war ja selbst kaum älter als ich.

Jacs hörte auch nicht auf seinen Freund. Stattdessen hielt er mir ein Smartphone unter die Nase. Er wischte ein paar Fotos durch. Grünstichige Standbilder einer Überwachungskamera.

Ich sah eine Tankstelle, an einer der Säulen einen Pick-up mit Flammenbemalung, einen Boyscout in Uniform, der tankte und beim Zurückstecken des Tankrüssels gut zu erkennen war.

Mir war klar, wer auf diesen Fotos zu sehen war. Das war Asher, das musste Asher sein. An eine Boyscout-Uniform kam man ohne Probleme heran, aber jeder würde denken: Schau mal einer an, der nette Boston Coleman.

»Und nun rate mal, welches Datum und welche Uhrzeit man auf der Signatur ablesen kann? Und wen der Tankwart identifizieren wird? Genau zu dem Zeitpunkt, als du angeblich im Zeltlager in Springfield warst?«

»Brauchst du noch mehr Argumente?«, fragte Lux. Eine Antwort wartete sie nicht ab, ich hatte sowieso das Gefühl, dass meine Meinung nicht mehr gefragt war. »Und wenn sie die Leiche von Raff Myers entdecken, werden sie auch dort deine DNA finden.«

»Und wir haben zur Sicherheit noch einen Lagerraum in York gemietet mit so vielen halb fertigen Nagelbomben, dass du deine ganze Schule damit löchern könntest«, ergänzte Yuval. Plötzlich klang auch er alles andere als sanft. »Dein Leben ist vollständig ruiniert, es bleibt nichts mehr, wie es war. Außer, du willigst ein, gehst mit uns und kommst dann an einem schönen Sommertag zurück. Das Datum kannst du dir aussuchen. Vielleicht möchtest du schon vor Beginn der großen Ferien zurückkommen.«

»Ich soll fast ein ganzes Jahr – «

»Du kapierst es doch noch nicht? Nicht vor den Sommerferien des nächsten Jahres. Wir sprechen von *diesem* Jahr«, sagte Lux. »Du kannst vielleicht noch den ein oder anderen Test mit Bestnote hinlegen und dein Zeugnis ordentlich pimpen. Du kommst auf jeden Fall zurück, bevor dieser ganze Mist für dich begann. Danach wird dann nichts von alldem passieren, was dein Leben gerade ein bisschen durcheinanderbringt. – Jacs zeig ihm den Mover.«

Jacs präsentierte das Kästchen, das ich schon kannte. Er öffnete es und die Kapseln kamen zum Vorschein.

Sie zeigte auf die blaue Kapsel. »Du schluckst den Mover. Nach ungefähr zwei Minuten wirst du die Besinnung verlieren und alle Anzeichen eines Erstickungstodes haben. Beim ersten Mal ist das unangenehm, weil man reflexartig reagiert, wenn man glaubt, keine Luft mehr zu bekommen. Man kann es aber üben. Deshalb nimmst du sie besser nicht in Gegenwart von Leuten, die keine Ahnung davon haben.«

Weißt du, was in einem vorgeht, wenn dir jemand, der dich in der Hand hat, so einen Mist erzählt? Natürlich zweifelt man am Verstand solcher Leute. Ich verstehe auch, wenn du an meinem Verstand zweifelst. Und mich vielleicht für einen durchgedrehten Freak hältst, dem die Einsamkeit auf diesem bescheuerten Berg inmitten von Schnee und Eis ein Loch ins Gehirn gefressen hat. Vielleicht hast du keinen Bock mehr, dir dieses verrückte Zeug anzuhören, aber ich kann dir versprechen, es wird noch besser.

[Unterbrechung]

Mich nimmt das alles ganz schön mit.

Es macht dich geradezu wahnsinnig, wenn du weißt, wie deine Zukunft aussieht. Viele wünschen sich das. Wollen wissen, wo es hingeht, ob alles gut läuft, ob man Kohle zuhauf hat oder 'ne kleine Nummer ist, ob man diesen Typ oder jenes Mädchen kriegt und tatsächlich vier Kinder mit ihr haben wird.

Aber sobald dir jemand sagt, wie es wirklich ablaufen wird – boing! Es haut dich aus den Latschen.

[Unterbrechung]

Ein paar Tage habe ich nichts aufgenommen, ich hatte eine von diesen schrecklich müden Phasen. Asher hat gesagt, das könnte passieren. Man kann so müde werden, dass man tagelang nicht aus dem Bett will. Um ehrlich zu sein, weiß ich nicht einmal, wie lange ich gepennt habe. Auf jeden Fall muss es tief und fest gewesen sein, weil sich währenddessen irgendein Viech hier reingeschlichen und meine Ravioli vom Teller gefressen hat. Und der Topf in der Küche ist auch leer und der Mülleimer war umgekippt. Ich tippe auf Waschbären. Und hoffe, dass es keine Ratten sind.

Ich habe mal gelesen, dass Ratten sogar lebende Menschen anfressen, wenn die stillhalten. Ein Penner in Chicago ist mal –

Boston, hör auf mit solchen Geschichten.

[flüstert]

Soll ich was verraten? Es ist ein bisschen peinlich, aber am Ende ist es auch egal. Vermutlich wird es sowieso niemand hören. Also: Ich mach mir hier manchmal fast in die Hosen, so gruselt es mich, allein in diesem Haus festzusitzen. Jetzt rächen sich die vielen Horrorfilme, die ich früher heimlich gesehen habe, wenn Liz und Archie noch in ihrem Coffeeshop waren.

Also, Müdigkeit und Kopfschmerzen gehören zu den Symtomen oder besser: Nebenwirkungen. Ich glaube, so hat Asher es ausgedrückt.

Als ich eben aufgewacht bin, war ich zwar nicht mehr müde, aber dafür hatte ich diese Kopfschmerzen. Sie kommen immer wieder mal. Anfangs häufiger, langsam immer weniger.

Schmerzmittel gibt es hier mehr als genug. Gott sei Dank. Das Mindesthaltbarkeitsdatum ist zwar schon vor einer Ewigkeit abgelaufen, nämlich Anfang 1978, und ich hatte zuerst ein bisschen Angst, dass ich mich damit vergiften könnte. Aber Paracetamol hält offensichtlich ewig und wirkt auch ewig. Die Kopfschmerzen sind jedenfalls weg.

Also, was auch immer du von der Geschichte hältst, ich für meinen Teil habe Lux, Yuval und Jacs einen Vogel gezeigt. Sie könnten mir mit ihrem Transfer-Quatsch den Buckel runterrutschen, irgend so etwas habe ich gesagt, und Lux hat nur mit den Achseln gezuckt. Dann hat sie sich mit den anderen für eine Weile zurückgezogen.

»Wir haben eigentlich die Anweisung, dir möglichst wenige Informationen zu geben. Nur für den Fall, dass du nicht kooperierst, dürfen wir dich einweihen – «

»Ich will in euren hirnrissigen Scheiß nicht eingeweiht werden. Ich will jetzt nach Hause«, schnitt ich ihr das Wort ab.

Sie gingen alle drei zur Tür. Ich sprang auf, um ihnen zu folgen, schubste Jacs zur Seite und trat Yuval ohne Rücksicht in die Kniekehlen. Ich hatte so eine Ahnung, dass dies eine der wenigen oder die einzige Möglichkeit war, aus diesem verfluchten Hangar hinauszukommen.

Doch Lux drehte sich blitzschnell um und versetzte mir einen Stoß, sodass ich zurück in den Raum taumelte.

»Lass den Unsinn«, fauchte sie. »Zwing uns nicht, dir wehzutun.«

IV.

Springfield Recreation Area
Bootsanleger

1412 Boat Basin Drive
Springfield SD 57062
South Dakota | USA

Freitag, 12. August 2022 | 14:30 Uhr

Rosalind Casey wedelte die Mücken vor ihrer Nase weg und schaute hinaus aufs Wasser. In der Sommerhitze lag der Fluss träge vor ihr, unter dem Bootssteg gluckerte es. Eine braungrüne Suppe, in der sich durch die intensive Sonneneinstrahlung immer mehr Algen breitmachten. Irgendwann würden sie den Fluss ersticken, zumal seine Strömung um diese Jahreszeit kaum noch zu erkennen war.

Die Bluse klebte Rosalind am Körper, das Jackett würde in aller Kürze durchgeschwitzt sein. Sie behielt es jedoch an, weil sie nicht gerne mit dem offen sichtbaren Holster ihrer Dienstwaffe durch die Gegend lief.

Der Missouri-River verzweigte sich westlich von Sand Creek in unzählige Flüsschen und Nebenarme, um sich dann nach ungefähr zwanzig Meilen wieder zu einem erkennbaren Hauptstrom zusammenzufinden. Die nördlichen

Uferbereiche gehörten zum Bundesstaat South Dakota, die südlichen zu Nebraska.

Raff Myers wohnte in Nebraska, sein lebloser Körper war jedoch in South Dakota gefunden worden. Gerangel um die Zuständigkeiten der Dienststellen bedeutete Zeitverlust, aber in diesem Fall hatten sie Glück. Wenn man beim Fund einer Leiche im Wasser von Glück sprechen konnte. Je nach Länge der Zeit, die ein Toter dort verbracht hatte, war das kein schöner Anblick. Noch schlimmer war, dass Rosalind schon in einem Tretboot im Teich einer Parkanlage seekrank wurde. Den Fundort erreichte man jedoch ausschließlich mit einem Boot.

Gut für ihre Ermittlungen war, dass die Police Departments der Gegend gut kooperierten. Die Information vom Leichenfund war umgehend in York angekommen und Sheriff Miles hatte ebenso umgehend zum Telefon gegriffen, um das FBI zu informieren. Rosalind hätte eher damit gerechnet, dass er die Sache ein wenig verzögern würde, um seinem Vorzeige-Boyscout irgendwo ein Schlupfloch zu lassen. Aber Sleepy-Josh wusste längst, dass sein Eagle-Star-Träger sich in einer sehr, sehr miesen Situation befand. So mies, dass der Sheriff auf keinen Fall den Vorwurf der Begünstigung eines Täters riskierte.

»Agent Casey?«, riss der Bootsführer der Water Patrol sie aus ihren Gedanken.

»Ich komme«, antwortete Rosalind. Einen kurzen Augenblick hatte sie mit dem Gedanken gespielt, Peter Gionelli alleine hinausfahren zu lassen. Das kam natürlich nicht infrage.

Der Bootsführer reichte ihr die Hand, um ihr beim Einstieg zu helfen.

»Geht schon«, sagte Rosalind. Das Boot wackelte und löste augenblicklich dieses schwummrige Gefühl bei ihr aus.

»Hatten Sie keine kleinere Nussschale?«, murmelte sie und hoffte im selben Moment, dass der Bootsführer es nicht gehört hatte. Der junge Kerl konnte schließlich nichts dafür.

»Ich fahre vorsichtig«, sagte er.

Rosalind versuchte, ein Lächeln hinzukriegen.

»Was wissen wir schon?«, fragte sie Gio, um sich abzulenken.

Der zog seinen Notizblock hervor. »Entdeckt haben ihn zwei Angler, die eigentlich immer an derselben Stelle ihr Lager aufschlagen. Sie fanden das Zelt verlassen vor, alles war zertrampelt und im Umkreis von ein paar Metern verstreut. Könnte ein ziemlich heftiger Kampf gewesen sein. Der Junge lag mit eingeschlagenem Schädel im seichten Uferwasser.«

Der Bootsführer gab eine Vorwarnung und drehte eine Kurve nach Westen, wo sich der Fluss immer mehr verzweigte. Rosalind bekam davon nicht viel mit. Sie schaffte es gerade noch, den Kopf weit über die schmale Reling zu recken. Der Bootsführer verlangsamte die Fahrt und reichte ihr eine Flasche Wasser.

Bis sie ihr Ziel erreicht hatten, schaute Rosalind starr geradeaus und schwieg. Den Fundort der Leiche, der ziemlich sicher auch der Tatort war, erkannte sie schon von Weitem.

Die Männer und Frauen der Spurensicherung in ihren weißen Overalls mit den über den Kopf gezogenen Kapuzen sahen aus wie Invasoren von einem anderen Planeten, die vorsichtig durch ein unerforschtes Gelände tapsten. Die Kollegen hatten bereits das gesamte Equipment ausgepackt. Eine Art Partyzelt schützte den Bereich am Ufer, wo die Leiche lag. Nummerierte Markierungen kennzeichneten die Beweisstücke, rundherum sicherten signalfarbene Flatterbänder das Gebiet.

Auf dem Wasser kreuzte ein zweites Boot der Water Patrol, um schaulustige Angler und Kanuten abzuhalten. Beim Aussteigen versanken Rosalinds Füße tief im Uferschlamm. Ihre neuen Slipper waren damit wohl hinüber.

Nachdem Rosalind und Gionelli ebenfalls in die Schutz-Anzüge geschlüpft waren, die verhinderten, dass man einen Tatort verunreinigte, nahm der örtliche Sheriff sie in Empfang.

»Clint Rogers«, stellte er sich vor. »Eine schöne Sauerei«, fügte er hinzu. Ob er damit den verwüsteten Zeltplatz oder den Zustand von Raff Myers meinte, blieb unklar. Der Sheriff plapperte weiter, Rosalind gab Gionelli ein Zeichen, ihn ihr vom Leib zu schaffen.

Eine Gerichtsmedizinerin kniete neben dem leblosen Körper eines jungen, gut gebauten Mannes am Ufer. Man sah ihm seine Karriere als Footballspieler an. Außer Badeshorts und neongrünen Nike-Sneakers trug er nichts.

»Ist alles in Ordnung mit Ihnen?«, fragte die Ärztin.

»Bootsfahrten sind nicht so mein Ding«, antwortete Rosalind. »Können Sie mir etwas zum Todeszeitpunkt sagen?«

»Er hat die ganze Zeit im Wasser gelegen, das macht es schwieriger. Ein paar Tage ist es her, vielleicht eine Woche«, sagte die Ärztin. »Drei sehr harte Schläge auf den Hinterkopf. Keine weiteren Verletzungen am Körper. Es hat keinen Kampf gegeben.«

Rosalind schaute sich um. Die Verwüstung des Lagerplatzes erweckte einen anderen Eindruck.

Die Ärztin deutete den Blick richtig. »Als hätte sich eine Herde Bisons einen Gemüsegarten vorgenommen. Sieht aber alles nicht nach einer Keilerei aus. Normalerweise hätte ich spontan an eine Überdosis von irgendeinem Zeug gedacht. Die Jungs, die hierherkommen, wollen selten wirklich angeln. Sie saufen und pfeifen sich alles, was man schlucken kann, rein. Seit ein paar Jahren rauchen sie auch Crack und all das. Es ist furchtbar.«

Rosalind deutete auf einen Stein von der Größe einer Honigmelone. Das Blut daran sprach für sich. »Das Tatwerkzeug?«

»Würde ich so sehen.«

Zwei Männer, ebenfalls in weiße Anzüge verpackt, kamen hinzu. Einer der beiden hielt einen Leichensack in der Hand. »Können wir ihn mitnehmen?«, fragte er.

Rosalind wollte nicken, aber Peter Gionelli trat dazwischen. Er hielt eine Plastiktüte mit einem Beweismittel in der Hand. Ein iPhone lag darin.

»Seins?«, fragte Rosalind.

»Schöner wär's, wenn der Täter seins für uns hiergelassen hätte«, antwortete Gionelli. »Der Akku hat noch knapp zwanzig Prozent.«

»Können wir jetzt oder nicht?«, fragte der Typ mit dem Leichensack.

»Einen Augenblick.« Rosalind nahm den Beutel und drückte durch das Plastik die Home-Taste des iPhones. Es war gesperrt.

Rosalind seufzte. Sie trat zur Leiche und hob den Arm des Toten. »Rechts oder links?«, fragte sie.

Gionelli hob den rechten Arm.

»Zeigefinger oder Daumen?«

Gionelli flatterte mit den Fingern und ließ dann den Mittelfinger stehen. »Typen wie er machen's mit dem Stinkefinger.«

Rosalind verdrehte die Augen und versuchte es mit dem linken Daumen. Treffer. Das Display leuchtete auf, der Begrüßungsbildschirm war zu sehen. Als Hintergrundfoto hatte er sich selbst gewählt – inmitten einer Schar von Cheerleadern seiner Footballmannschaft.

»Sie können ihn jetzt wegbringen«, sagte Rosalind im Weggehen. Auf dem Smartphone gab es eine Menge Anrufe, die nicht entgegengenommen waren. Dazu eine ähnliche Zahl von Nachrichten in mehreren Messenger-Diensten. »Wir brauchen Strom. Hat irgendjemand eine Powerbank und ein Akku-Kabel für ein iPhone?«

Ein Assistent der Spurensicherung hielt Rosalind beides hin. Sie setzte sich auf einen Baumstumpf ein paar Meter außerhalb der eigentlichen Tatortzone. »Schreib mit«, befahl Rosalind.

Gionelli zückte den Notizblock.

Die meisten Kontaktversuche stammten von Raffs Trainer, dazu ein paar von den Eltern, die anfangs aggressiv, später dann immer ängstlicher ihre Sorgen bekundeten.

Viele Nachrichten von Freundinnen oder Freunden gab es nicht.

»Die schreiben sich auf allen möglichen Social-Media-Plattformen«, sagte Gionelli.

Bei der fünfzehnten Sprachnachricht wurde die Sache interessant. Die Stimme war leicht zu erkennen: der charakteristische Sprachfehler von Boston Coleman, der in dieser Nachricht besonders hervorstach, weil Boston aufgeregt zu sein schien.

»Ruf mich an, du verdammter Wichser. Ruf mich an. Ich finde dich, egal, wo du dich verkriechst.«

Diese Botschaft wiederholte sich auf WhatsApp und als SMS. Ein zweiter Anruf, wenige Minuten später, wurde deutlicher: *»Wenn du glaubst, dass du mich mit diesen beschissenen Fotos erpressen kannst, hast du dich vertan. Ein Wort darüber, zu irgendwem, und ich schlage dir die Birne zu Brei.«*

Gionelli schaute den beiden Männern nach, die den schwarzen Sack mit den sterblichen Überresten von Raff Myers davontrugen. »Da ist es wohl nicht bei einer Drohung geblieben.«

»Dann brauchen wir nur noch diese Fotos«, sagte Rosalind. Sie öffnete die Foto-App auf dem Smartphone. Halleluja, was sammeln diese Kids alles?, fragte Rosalind sich. Knapp zwanzigtausend Dateien.

»Die kannst du sortieren, wir nehmen erst einmal nur die vom Juli und vom August«, belehrte Gio sie.

Fündig wurden sie jedoch nicht. Neunundneunzig Prozent der Bilder hatte Raff Myers sich von irgendwelchen

Seiten im Netz heruntergeladen. Knapp bekleidete Girls, Porträts der Footballstars, denen er nacheiferte und Modelleisenbahnen. Nichts, womit man irgendwen, auch nicht Boston Coleman, erpressen konnte.

»Auf nach Waco«, sagte Rosalind. »Ich fahre, du schaust den Rest durch. Und ruf die Staatsanwältin an. Wir brauchen Zugang zu allen Social-Media-Accounts von Raff Myers.«

»Oh, Mann, so viele Modelleisenbahnen«, sagte Gionelli.

»So viele halb nackte Mädchen«, schnaubte Rosalind.

Gionelli scrollte durch die Bilddateien. Das, was sie suchten, fand er allerdings nicht. Keine verräterischen Fotos, die etwas mit dem Fall Coleman zu tun haben könnten.

Auf halber Strecke zurück nach Omaha zerriss ein aggressiver Gitarrenriff die Stille, die sich im Auto ausgebreitet hatte. Rosalind zuckte zusammen. Sie hasste den Klingelton ihres Partners, irgendein fünfzig Jahre alter Rocksong.

Peter Gionelli nahm den Anruf entgegen und wandte sich dann an Rosalind: »Rate mal, wer uns unbedingt sprechen will.«

»Boston Coleman will ein vollumfängliches Geständnis ablegen und wir sind den Fall los.«

»Leider falsch«, antwortete Gionelli. »Nach Waco müssen wir aber trotzdem. Du kannst hinter Sioux City auf die Interstate 75 abbiegen.« Mehr sagte er allerdings nicht.

»Was denn jetzt?«, fauchte Rosalind. Sie hasste diese Wichtig-wichtig-Pausen, die Gio machte, wenn er glaubte, es gebe eine echte Wende in einem Fall.

»Celia Rowe will mit uns sprechen. Heute noch. Es kann nicht warten, hat sie gesagt.«

Tonbandprotokoll

Asservaten-Nr.:   KxCV|24-111v
Aufnahmegerät: Revox A77 MkIV
   (Baujahr 1978)
Transkription: Serena Eastwood (se)

Ich habe ziemlich große Mühe, den Weg zur Scheune frei zu halten. An manchen Stellen liegt der Schnee über zwei Meter hoch. Die Schneewehen über der Privatstraße, die vor dem Haus endet, sind sogar noch höher. Wenn es so weitergeht, droht das Essen knapp zu werden. Vielleicht sollte ich meine Portionen verkleinern.

In dem Hangar, in dem Lux, Jacs und Yuval mich gefangen hielten, hatte ich genug zu essen, immerhin. Reihum brachte mir einer von ihnen Wasser und reichlich Fast Food aus allen möglichen Tankstellen und Imbissen der Umgebung. Ab und zu eine Coke und sogar einmal einen Becher Vanilleeis. Sonst hatte ich allerdings nichts, nicht einmal meine eigenen Klamotten. Mal abgesehen von dem Bettlaken, mit dem ich mich wie ein römischer Kaiser umhüllen konnte.

Geredet haben sie nicht mit mir. Sie haben mir eigentlich immer nur die Frage gestellt, ob ich nun mitmachen würde. Sie waren sauer, weil wir den ersten Termin zum Transfer bereits verpasst hatten.

Ich dachte, ich könnte sie zermürben.

Ich war in einer beschissenen Lage. Aber einen Fehler hatten sie gemacht: Sie hatten mir gesagt, dass sie mich unbedingt lebend und in einem Stück brauchen. Also verlegte ich mich auf die Strategie, die mir in diesem Moment als die einzig vernünftige erschien: abwarten, beobachten, auf der Hut sein.

Ich gebe zu, das ist nicht wirklich eine Strategie. Im Politikkurs hatte ich gelernt, was das Wort Strategie bedeutet: Wenn du ein Ziel erreichen willst, brauchst du einen genauen Plan. Es kommt darauf an, dass du alle Faktoren, die in deine eigene Aktion hineinspielen könnten, von vornherein einkalkulierst.

In der Zwischenzeit habe ich mir aus einem Teil des Bettlakens so etwas wie eine Hose gebastelt. Gut, es sah eher aus wie eine Windel und Lux lachte sich kaputt, als sie mich darin zum ersten Mal sah. Klamotten hatten sie mir nämlich dann doch nicht gegeben. Wahrscheinlich dachten sie, dass es mich davon abhalten würde, bei der erstbesten Gelegenheit abzuhauen, aber ich schwöre dir: Es wäre mir so was von egal gewesen, mich zum Affen zu machen, wenn ich die Sache in dieser Windel oder meinetwegen auch splitterfasernackt beenden hätte können. Ich wäre barfuß von Sioux Falls nach Waco gewandert oder auch nach Omaha zum FBI, zu dieser Rosalind Casey und ihrem nach Zwiebeln stinkenden Kollegen.

Es kam aber nicht dazu.

Nach ein paar Tagen brachten sie mir eine Jeans und ein T-Shirt und eine Stunde später bekam ich Besuch.

Lux klopfte an die Metalltür. Das tat sie sonst nie. Keiner

von ihnen tat das, sie platzten einfach immer herein. Jetzt öffnete sie die Tür nur einen Spaltbreit.

»Bist du angezogen?«, fragte sie.

Angezogen? Kleiner Scherz, dachte ich. Bei der Auswahl an Garderobe, über die ich verfügte. »Soll ich den dunklen Anzug oder die gemütliche Jogginghose wählen?«, fragte ich, aber Lux konnte nicht darüber lachen.

Sie öffnete die Tür.

Ein Mann und eine Frau traten ein. Schwarze Hautfarbe, schlichte Klamotten: praktisch, pflegeleicht, unauffällig. Er war knapp zwei Meter groß und hatte eine Glatze und einen Schnurrbart. Sie trug eine überdimensionierte Handtasche am Unterarm. Die Tasche erinnerte mich an Mary Poppins. Ihre Haare waren auberginefarben und geglättet, wahrscheinlich eine Perücke.

Lux sagte: »Darf ich vorstellen – deine Großeltern.«

Waco, Nebraska
Haus der Familie Rowe

701 Norval Street
Waco NE 68460
Nebraska | USA

Freitag, 12. August 2022 | 20:45 Uhr

Auf der Interstate 75 hatte sich der Verkehr über zehn Meilen weit gestaut. Ein Truck hatte versucht, einem liegen gebliebenen Kleinwagen auszuweichen. Erfolglos. Er erwischte den Wagen gerade noch am Kotflügel, schleuderte ihn auf die Gegenfahrbahn, wo sich innerhalb von wenigen Sekunden vierzehn Autos in einen Blechhaufen verknäuelten. Wie durch ein Wunder kam niemand ums Leben, jedenfalls kein Mensch.

Den Schweinen auf dem Anhänger des Trucks erging es schlechter, als dieser umkippte. Einigen blieb sofort das Herz stehen, andere rasten in Panik über die Autobahn.

Rosalind versuchte sich mithilfe des Blaulichts, einen Weg durch den Stau zu bahnen. Sie kamen jedoch erst nach acht Uhr in Waco an. Der Ort lag still und verlassen da. Keine einzige Menschenseele war auf den Straßen zu entdecken.

Bevor sie aus dem Auto stiegen, ermahnte Rosalind ihren Kollegen: »Erst einmal keinen Ton über Raff Myers, klar?«

Gionelli nickte missmutig. Solche Ansagen mochte er nicht, schon gar nicht von einer Frau. Er hatte sich nur schwer daran gewöhnen können, dass sie ihm übergeordnet war, auch wenn sie bei Ermittlungen meistens eher den Eindruck erweckten, gleichberechtigte Partner zu sein.

Das Haus der Familie Rowe ähnelte dem der Colemans. Mit einem Unterschied: Auf beiden Seiten gab es Anbauten, die wahrscheinlich die stattliche Kinderzahl der Rowes aufnehmen mussten. Außerdem war das Grundstück weitaus weniger aufgeräumt, im Vorgarten lag Kinderspielzeug, die Veranda konnte einen Anstrich gebrauchen und der Stapel Feuerholz auf der linken Seite war umgekippt, was niemanden zu stören schien.

Von einem Erker im ersten Stock hing ein Schild, auf dem ein Storch mit einem quäkenden Päckchen im Schnabel abgebildet war. ›Willkommen, Mandy‹ und ein Wirbel von Herzchen verkündeten, dass es vor Kurzem Nachwuchs gegeben hatte. Die Haustür stand offen. Die Fliegengittertür war allerdings verschlossen.

Rosalind klopfte an den Rahmen. Niemand reagierte. Vom hinteren Teil des Hauses kamen jedoch Geräusche, Musik, Kinderlachen, klirrende Gläser.

Gionelli und sie umrundeten das Anwesen und trafen auf die vielköpfige Familie, die sich um einen Grill und einen Tisch mit Salaten, Brot und Soßen scharte. Nicht alle gehörten zur Familie, erkannte Rosalind auf den zweiten Blick, denn auch Boston und seine Eltern waren unter den Gästen. Er ließ sich vom Familienoberhaupt, einem wuchtigen Typen mit Glatze und einer Schürze mit der Aufschrift

›Boss‹, gerade ein paar knusprig gegrillte Spareribs auf einen Teller packen.

»Das hält die Nerven zusammen in Zeiten wie diesen«, sagte Mr Rowe.

»Seit wann isst du Fleisch?«, fragte Liz Coleman.

Boston lächelte verkniffen, aber seine Miene versteinerte, als er die beiden FBI-Agents kommen sah.

»Hey, neue Gäste!«, rief der Boss hinterm Grill. Er war so guter Laune, dass er wahrscheinlich jeden zu einer Wurst und einem Bier eingeladen hätte. »Grandpa Sal hat für alle was, kommen Sie nur näher!«

»Das erste Enkelkind wird gefeiert«, hörte Rosalind eine Stimme neben sich.

Celia Rowe stand auf der Schwelle der Terrassentür. Sie hielt eine große Schale mit einer rötlichen Flüssigkeit darin im Arm.

»Möchten Sie ein Glas Erdbeerbowle?«, fragte Celia. »Und ein Steak?« Dann raunte sie: »Ich wusste nicht, dass er hier sein würde. Wahrscheinlich hat Dad die Colemans eingeladen. Dad und Mr Coleman gucken samstags Baseball zusammen. Sagen Sie nicht, dass ich angerufen habe.«

In den Augen des Mädchens flackerte etwas Beunruhigendes. Rosalind nickte unauffällig und sagte laut: »Gegen eine gute, gekühlte Bowle ist bei der Hitze nichts zu sagen.«

Die anderen Gäste beachteten die Neuankömmlinge nicht weiter, aber den Colemans war anzusehen, wie unwohl sie sich in dieser Situation fühlten. Archie Coleman winkte seinen Sohn zu sich. Als dieser nicht sofort reagierte, ging er zu dem Jungen hinüber, griff sich dessen Teller, stellte ihn auf den nächstbesten Tisch und zerrte seinen Sohn hinter sich her.

»Dad, was soll das«, sagte Boston.

Archie zog ihn jedoch zur gegenüberliegenden Ecke des Gartens, wo er mit ihm und seiner Frau verschwand.

Celia atmete auf. Sie stellte die Bowle auf einen der Tische neben ein großes Bierfass und lotste Casey und Gionelli zum hinteren Teil des Grundstücks, das im Schatten einer mächtigen Schwarzpappel lag. Von einem ihrer dicken Äste baumelte eine Schaukel.

»Da wären wir«, sagte Peter Gionelli. »Warum wolltest du unbedingt noch heute mit uns sprechen? Zum Barbecue hast du uns hoffentlich nicht einladen.«

Der barsche Ton gefiel Rosalind nicht. Für bestimmte Typen von Zeugen war Gio einfach nicht der Richtige. Hatte er den Schreck in Celias Augen nicht gesehen?

»Sie wollten doch anrufen, bevor Sie kommen«, sagte Celia vorwurfsvoll.

Rosalind runzelte die Stirn. Davon hatte ihr Partner nichts gesagt.

»Was ist passiert?«, fragte Rosalind.

»Nichts«, antwortete Celia.

Sie klang wieder genauso verstockt wie bei ihrem ersten Gespräch in der Schule. Irgendwie passte das Mädchen nicht in diese fröhliche und größtenteils etwas übergewichtige Familie.

»Celia, wir tanzen die Patticake Polka, schnell!«, rief in diesem Augenblick eine Frau mit ähnlich dicken Zöpfen, wie Celia sie auch heute wieder trug. Die Frau machte zappelnde Bewegungen, jemand schlug ein paar Akkorde auf einem Banjo an.

»Meine älteste Schwester«, sagte Celia und rief hinüber, dass sie gleich käme.

»Celia, wir hatten einen anstrengenden Tag«, sagte Rosalind freundlich, aber bestimmt. »Warum sind wir hier?«

Celia setzte sich auf die Schaukel. Irgendetwas bedrückte sie, vielleicht flößte es ihr sogar Angst ein. Rosalind befürchtete, dass Celia es sich noch einmal anders überlegte und nicht mit der Sprache herausrückte.

»Ich habe nicht ganz die Wahrheit gesagt.« Celia scharrte mit den Füßen im Sand vor der Schaukel herum.

»Das nennt man dann wohl die Unwahrheit«, murmelte Peter Gionelli.

Rosalind wäre ihm fast über den Mund gefahren. Welcher Teufel ritt den Kerl?, fragte sie sich. Aber sie beherrschte sich und bat ihn zuckersüß: »Gio, ein Steak wäre doch jetzt gerade richtig, oder? Und ein kaltes Bier, schließlich sind wir eigentlich schon längst aus der Dienstzeit.«

Gionelli schnaubte und ging.

»Jetzt haben wir unsere Ruhe«, sagte Rosalind.

Celia lächelte, dann rückte sie damit heraus: »Ich habe den Pick-up mit den Flammen auf der Seite schon einmal gesehen. Das war an dem Tag, als Bostons Mannschaft gegen Hastings gespielt und gewonnen hat. Das passiert ziemlich selten. Das Auto stand auf dem kleinen Weg hinter dem Haus der Colemans. Es saßen vier Personen darin.«

»Hast du jemanden erkannt?«

Celia schüttelte den Kopf. »Boston hat mit dem Fahrer

gesprochen und dann sein Fahrrad von der Ladefläche genommen und sie sind weggefahren.«

Rosalind schwieg. Sie spürte es. Da war noch mehr. Sie fühlte sich an ihre eigenen Kinder erinnert. Sie waren ganz großartig darin gewesen, Geständnisse jeder Art in einer Salamitaktik zu präsentieren. Jedes einzelne Scheibchen erschien dann erst einmal noch halbwegs harmlos. Vor allem konnte man so jederzeit noch entscheiden, ob man wirklich die ganze Wurst auf den Tisch packte.

Bis hierhin erzählte Celia ihr jedoch nicht viel Neues. Dass Boston Coleman irgendwie Kontakt mit diesem Pick-up gehabt hatte, wusste Rosalind bereits. Auch Sheriff Miles hatte Boston auf der Straße mit dem flammenbemalten Dodge gesehen. Wie Celia hatte er von vier Personen im Wagen gesprochen, wovon mindestens eine eine junge Frau oder ein Mädchen gewesen war. Sie hielten in ihren Ermittlungen oft einen Teil dessen, was sie bereits wussten, zurück. Rosalind konnte nicht immer einen rationalen Grund dafür nennen, welche Details sie für sich behielt. Sie hatte Boston jedenfalls mit diesem Teil ihres – zugegeben schmalen – Wissens noch nicht konfrontiert.

Rosalind spürte, wie sehr ihr der Tag in den Knochen steckte. Nicht nur dieser Tag, die ganzen letzten zwei Wochen. Es fiel ihr schwer, geduldig zu bleiben. Vorsichtig fragte sie: »Warum hast du jetzt deine Meinung geändert und uns angerufen?«

»Wie soll ich es sagen ...«

»Am besten geradeheraus.«

»Ich war kurz nachdem Sie Boston wieder freigelassen

haben ... also, das war abends«, brachte Celia trotz Rosalinds Ermunterung nur stockend hervor. »Da war ich bei den Colemans ...«

Das weiß ich, dachte Rosalind.

»Und mir ist etwas aufgefallen.« Wieder legte Celia eine lange Pause ein.

»Ja? Was denn?«

»Er sagt neuerdings Dad zu seinem Vater, das hat er nie getan.«

»Was hat er denn sonst gesagt?«

»Pa, er sagt immer Pa.«

»Nun ja, man kann es sich irgendwann anders überlegen, das ist nicht strafbar.«

»Boston würde niemals Fleisch essen.« Celia seufzte.

»Sag niemals nie. Ich habe schon so vielen Dingen abgeschworen«, erwiderte Rosalind.

»Und er hatte nicht die geringste Ahnung, was das Laplace-Experiment ist.«

Rosalind lächelte. »Das habe ich auch nicht.«

»Aber Sie haben es nicht bis zum Abwinken mit mir geübt. Boston ist eine Null in Mathe, aber wenigstens den Namen hätte er sich merken können und die Sache mit den Würfeln und der Münze und so weiter.«

Er kann sich noch an ganz andere Dinge nicht erinnern, die er getan hat, dachte Rosalind.

»Es klingt ein bisschen verrückt, aber der Junge, den Sie eben gesehen haben, ist nicht Boston.«

Nun konnte Rosalind die Überraschung nicht verbergen.

»Weil er Dad sagt und nicht weiß, was Laplace ist – «

Celia unterbrach sie. Ziemlich entschieden sagte sie: »Nein! Weil seine riesige Blinddarmnarbe verschwunden ist.«

»Was ist verschwunden?«

»Vor Jahren ist sein entzündeter Blinddarm geplatzt. Es war ziemlich gefährlich, weil der ganze Bauchraum verschmutzt wurde. Eine lange Operation, von der eine deutlich sichtbare Narbe geblieben ist. An dem Abend neulich bin ich vor dem Badezimmer mit ihm zusammengestoßen. Er hatte geduscht und trug nur ein Handtuch um die Hüften und da konnte ich es sehen. Oder besser: nicht sehen. Keine Narbe.«

Rosalind runzelte die Stirn. »Es ging alles schnell, du hast sie übersehen. Schummriges Licht?«

»Nein. Ich bin ganz sicher. Es war ein schöner glatter Bauch ohne Narbe.«

Bei diesem Satz wurde Celia rot. Sie schien sich mehr für den Bauch des Jungen zu interessieren, als sie bisher den Anschein erweckt hatte.

»Außerdem spürt man das doch irgendwie, oder?«, fügte sie hinzu.

Rosalind hätte ihr gerne ohne Vorbehalte zugestimmt, aber die Jahre als Polizistin hatten sie oft eines Besseren belehrt. Ohne Gespür für die Menschen kam man weder im Beruf noch privat weiter. Andererseits waren ihr ihre eigenen Söhne in diesem Alter auch manchmal so fremd gewesen, dass sie oft geglaubt hatte, unter ihrem Dach lebten Aliens.

Peter Gionelli kam zurück. In der einen Hand balancierte er zwei Teller mit Bratwürsten und Hähnchenschenkeln und jeweils einer Grillkartoffel mit Sour Cream. In der anderen hielt er zwei Dosen Bier.

»Celia, gut, dass du mit uns geredet hast. Jetzt sprichst du aber mit niemandem mehr darüber, in Ordnung? Vor allem nicht mit Boston Coleman.«

Da Celia nicht antwortete, packte Rosalind das Mädchen bei den Schultern und schaute ihr eindringlich in die Augen. »Kein Wort, verstanden? Du wirst es ja sowieso bald erfahren: Wir haben heute die Leiche von Raff Myers gefunden. Er wurde ermordet.«

»Von Boston?«, platzte es aus Celia hervor.

Rosalind schaute sie überrascht an. Traute Celia ihrem Schulfreund etwa diese Tat zu?

»Das wissen wir nicht«, sagte Rosalind. »Aber du solltest kein Risiko eingehen. Verhalte dich so normal wie möglich und sprich ihn auf keinen Fall darauf an, was dir aufgefallen ist. Schaffst du das?«

Celia nickte. »Glaube schon.«

»Gut.« Rosalind warf noch einen wehmütigen Blick auf den Grillteller. »Wir müssen los.«

Tonbandprotokoll

Asservaten-Nr.:	KxCV	24-111v
Aufnahmegerät:	Revox A77 MkIV
	(Baujahr 1978)
Transkription:	Serena Eastwood (se)

Du musst dich jetzt konzentrieren. Wenn du jetzt schon glaubst, das Ganze sei nicht nur völlig crazy, sondern auch ein bisschen kompliziert, wirst du dich noch wundern. Es ist nämlich steigerungsfähig.

Aber kommen wir erst einmal zu meinen Großeltern, wenn es denn tatsächlich meine echten Großeltern gewesen sind, die mir von Lux und den anderen präsentiert wurden. Ich konnte das in dem Moment natürlich nicht überprüfen und ich kann es auch bis zum heutigen Tag nicht.

Ein paar Dinge sprachen jedoch dafür, das Logan und Charlotte, wie sie sich mir vorstellten, die Wahrheit sagten.

Zuallererst der Geruch. Das Parfüm, das die Frau trug. Keine Ahnung, ob man sich so viele Jahre später wirklich noch an ein Parfüm erinnern kann, das man nur als Säugling mal gerochen hat. Aber ich bin sicher, es war der Geruch der rosafarbenen Wolldecke, in die ich eingewickelt gewesen war.

Noch mehr sprach jedoch für diese Leute, dass Logan mir genau die Dinge aufzählte, mit denen mein Pa und meine Mom, also Archie und Liz, mich damals in Lumber City gefunden hatten: die Decke und der Hoodie von den *Boston Red Sox*. Und dass es der 8. Dezember 2009 gewesen war. Gut, das Datum hätten sie noch in irgendeiner Akte nachlesen können, aber den Rest wussten garantiert nur Archie, Liz und ich.

Für viele Leute, die schon als Baby adoptiert wurden, ist es wichtig, etwas über ihre wahren Wurzeln zu erfahren. Mir war das eigentlich immer egal.

Archie und Liz waren meine Eltern, sie sind es auch noch und bleiben es. Seit ich mir eine eigene Meinung darüber bilden konnte, bin ich den Menschen, die mich an einer Bushaltestelle in einem Wäschekorb abgelegt haben, fast schon dankbar dafür, dass sie das getan haben.

Mal ehrlich: Willst du bei Leuten aufwachsen, die in der Lage sind, so etwas zu tun? Nein, das willst du nicht, weil es nämlich ziemlich große Arschlöcher sein müssen, die ein Baby in dieser Kälte auf die Straße stellen, mal ganz davon abgesehen, dass es in der Gegend sicher noch genug wilde Vierbeiner gegeben hat, die mich gerne zum Frühstück an ihre Jungen verfüttert hätten.

Also, wenn ich sie überhaupt gerne kennengelernt hätte, dann um ihnen zu sagen: Verpisst euch! Das wurde mir klar, als meine angeblichen Großeltern vor mir standen. Auf der anderen Seite war ihre Anwesenheit ein Hoffnungsschimmer, irgendwie aus meiner Gefangenschaft zu entkommen.

»Ich glaube, wir haben dir einiges zu erklären«, sagte Logan.

»Echt jetzt?«, fragte ich. »Auf die Idee wäre ich nicht gekommen.«

Sie überhörten den bissigen Unterton in meiner Stimme.
»Du bist der Sohn unserer Tochter Thelma«, sagte Charlotte. »Man sieht es sofort, du siehst ihr so ähnlich.«

Die Frau starrte mich mit großen runden Augen an, in denen ich mich selbst erkannte. Diese Augen wurden wohl über die mütterliche Linie vererbt. Wenn ich ihrer Tochter so ähnlich sah, musste diese Tochter ein Ebenbild der alten Lady sein. Ohne Vorwarnung und ganz still füllten sich deren Augen mit Tränen, bis sie in einem stetigen Strom über ihre Wangen kullerten.

Das hatte mir gerade noch gefehlt.

»Ich lass euch dann mal allein«, sagte Lux. »Ich kenne die ganze Geschichte ja schon.«

Als sie die Tür hinter sich geschlossen hatte, breitete sich Stille aus. Wir wussten alle nicht, was wir sagen sollten. Charlotte setzte sich. Logan stellte sich hinter sie und legte die Hand auf ihre Schulter.

»Sind Sie da, um mich hier rauszuholen?«, fragte ich schließlich, denn das war es, was mich am meisten interessierte.

»Ich glaube, das ist nicht so einfach«, sagte Logan.

Vielleicht sollte ich ihn ›Grandpa‹ nennen. Aber es gibt andere, die ich als meine Großeltern ansehe, und das sind ziemlich nette Leute. Es sind die Eltern von Archie und Liz, bei denen ich schon so oft die Sommerferien und auch Thanksgiving verbracht habe.

»Das ist ganz einfach«, gab ich zurück. »Wir stehen auf, gehen hinaus und sagen Auf Nimmerwiedersehen und fertig.«

Charlotte straffte den Rücken, wischte sich mit einem Papiertaschentuch durchs Gesicht und sagte sehr entschlossen: »Das ist nicht ganz so einfach. Wenn wir das tun, verlieren wir die letzte Hoffnung darauf, unsere Tochter noch einmal wiederzusehen. Diese jungen Leute da draußen sind wahrscheinlich unsere einzige Chance. Wir haben seit fast vierzehn Jahren nichts mehr von ihr gehört, nichts, keine Spur, obwohl wir alles in Bewegung gesetzt haben, was uns möglich war. Und nun kommt dieses Mädchen, diese ...« Sie wandte sich an ihren Mann. »Logan, hilf mir!«

»Lux. Sie heißt Lux«, sagte er.

»Diese Lux, ja, richtig. Und sie bringt uns das hier.«

Sie hielt mir einen vergilbten Briefumschlag hin. Er war an Logan und Charlotte Beauchamp adressiert. Ich nahm und öffnete ihn. Ein Foto und ein Briefbogen kamen zum Vorschein. Das Papier war zerknittert, als hätte ihn jemand zusammengeknüllt. Flecken einer bräunlichen Flüssigkeit hatten die Schrift teilweise verwischt, aber die wenigen Zeilen waren noch lesbar.

Moment, ich muss den Brief holen.

[Unterbrechung]

Also, da bin ich wieder. Den Brief und das Foto haben sie mir überlassen. Ich kann ihn also im Wortlaut vorlesen. Leider kann ich euch das Bild nicht zeigen. Ich muss es euch beschreiben: ein verschwommener Hintergrund, vielleicht ein Diner oder ein Truckstop. Man erahnt eine weihnachtliche Dekoration und einen leuchtenden Santa Claus, davor steht eine junge Frau, fast noch ein Mädchen. Sie trägt einen Hoodie der *Boston Red Sox*. Das Baby auf ihrem Arm ist in eine rosafarbene Wolldecke eingewickelt. Die Frau lacht in die Kamera. Das Baby schläft.

Mir wurde echt ein bisschen flau, als ich es betrachtete. Die Decke. Der Hoodie. Du kannst dir vorstellen, was in mir vorging, oder? Der Brief machte es dann auch nicht besser. Einen Augenblick, ich lese ihn jetzt vor:

8. Dezember 2009

Liebste Mom, liebster Pa,
ihr werdet mir vielleicht niemals verzeihen, dass ich
euch all das angetan habe, und es wird nun alles noch
viel schlimmer, wenn ich euch euer wohl einziges Enkel-
kind vorenthalte. Schaut ihn euch nur an, wie gesund
und munter er ist, ein echter Brocken, schon nach einer
Woche. In die flauschige Decke ist er verliebt. Es macht
ihm gar nichts aus, dass sie rosa ist. Wenn ich ihn
damit zudecke, ist er ganz zufrieden. Vielleicht riecht
er dein Parfüm, Mom, und erinnert sich an die wenigen
Augenblicke, die ihr zusammen hattet.

Pa, dein Lieblings-Kapuzenshirt wirst du vermissen,
aber ich werde es in Ehren halten. Das verspreche ich
dir. Ihr findet alles, was ihr wissen müsst, im Haus. In
der Mappe, in der ich schon als kleines Mädchen meine
geheimsten Dinge versteckt habe.

Wir müssen jetzt los, hier sind wir nicht sicher. Sucht
mich nicht, versprecht mir das. Es könnte unser aller
Tod bedeuten.

Ich liebe euch, verzeiht mir
Thelma

Wieder breitete sich Stille aus, es tat richtig weh, bis Logan Beauchamp sich räusperte. »Der Brief hat uns niemals erreicht. Wir haben ihn erst vor zwei Tagen bekommen, von Lux. Deshalb haben wir auch nie nach dem gesucht, was Thelma in ihrem Brief erwähnt hat. Wir dachten all die Jahre, Thelma sei tot und unser Enkelsohn auch. Natürlich haben wir nach ihr geforscht.«

Charlotte schluchzte laut auf. »Das würde doch jeder tun. Vielleicht haben wir ihren Tod verschuldet, mein Gott! Ich mache mir solche Vorwürfe, aber wir haben alles, wirklich alles versucht. Polizei, Detektive, Belohnungen, Suchanzeigen auf allen einschlägigen Seiten im Internet – einfach alles.«

Logan legte den Arm um ihre Schulter. »Aber nun haben wir doch den Jungen gefunden und Lux hat uns versprochen, dass auch Thelma lebt. Die jungen Leute werden uns zu ihr bringen, sie haben ihr Wort bisher gehalten.«

Mir ging in dem Augenblick eine Menge durch den Kopf. Fragen, die sich die beiden alten Leute vielleicht noch nicht gestellt hatten. Fragen, die sie an der Zuverlässigkeit von den ›jungen Leuten‹ sicher zweifeln ließen: Wie war Lux in den Besitz des Briefes gekommen, wenn dieser damals gar nicht abgeschickt worden war? Und warum hatte Thelma ihn nicht eingeworfen? Hatte sie es nicht mehr geschafft? Weil sie vorher schon ums Leben gekommen war? Und was war überhaupt passiert? Warum schrieb sie diesen Brief und setzte mich noch am selben Tag in der eisigen Kälte mitten in Georgia an einer Bushaltestelle aus?

Ich fragte mich, ob das hier alles ein mieses Spiel war.

Ein Theaterstück, in dem ich aus irgendeinem bescheuerten Grund die Hauptrolle spielte. Aber ich kannte weder meine Dialoge noch hatte ich Regieanweisungen, die mir halfen, bis zum letzten Akt auf der Bühne zu bleiben.

Logans nächste Worte verstärkten mein ungutes Gefühl nur noch: »Tu, was das Mädchen und ihre beiden Freunde sagen. Wir wollen deine Mutter, unsere Tochter endlich wieder in die Arme schließen.«

»Sie ist nicht meine Mutter, verdammt!«, platzte es aus mir heraus.

Charlotte zuckte bei meinem kleinen Ausbruch zusammen. Ihre erstaunte Miene wurde augenblicklich hart und verschlossen. Ich hatte es gar nicht so böse und aggressiv sagen wollen. Das änderte jedoch nichts an einer Tatsache: Ich verspürte nach wie vor keinerlei Drang, diese Thelma kennenzulernen. Ich entschuldigte mich.

»Was ist damals passiert?«, fragte ich. »Bevor sie diesen Brief geschrieben hat und verschwunden ist?«

»Wir wissen es nicht. Thelma ist im Sommer 2008 nach Savannah zur Universität gegangen. Sie wollte den Master of Science für Meereswissenschaften machen, um eines Tages in einem Projekt zum Schutz der Wale zu arbeiten.« Charlotte stockte. »Was ist los?«

Ich hatte wohl gelächelt: Walforschung. Sozusagen mein Hobby, allerdings hauptsächlich, wenn es um Abenteuergeschichten aus dem vorletzten Jahrhundert ging. Ob so etwas vererbt wurde?

»Nichts«, sagte ich. »Weiter, bitte.«

»Es lief alles gut an, obwohl sie sich an die Art der

Menschen dort unten erst gewöhnen musste. Sie kam zu Thanksgiving im November nach Hause. Weihnachten blieb sie hingegen in Savannah und half in einem Obdachlosenheim. Silvester war sie aber schon wieder bei uns und wir haben im Tiefschnee den Jahreswechsel gefeiert.« Charlotte putzte sich die Nase. Die Erinnerungen trieben ihr wieder die Tränen in die Augen.

Logan fuhr fort: »Sie hat dann wohl einen jungen Mann kennengelernt. Wir vermuten, deinen Vater. Sie rief bis zum Frühjahr 2009 noch regelmäßig, dann immer seltener an. Ein paar Tage vor Thanksgiving stand sie plötzlich vor der Tür – hochschwanger. Wir sind aus allen Wolken gefallen, vor Freude und auch aus Sorge. Sie sah furchtbar geschafft aus. Sie habe sich mit den falschen Leuten eingelassen, sagte sie. Wir versuchten, mehr herauszufinden, aber sie schwieg. Eine Woche später kamst du zur Welt, aber wir hatten nur ein paar Tage, an denen wir dich in den Armen wiegen konnten, weil Thelma dann plötzlich verschwunden ist.«

»Verschwunden?«

Logan nickte. »Rupert Drowning von Mercy's Farm Equipment unten an der Straße zur Interstate hat sie noch in einem roten Ford Danger gesehen, glaubt er jedenfalls, aber Rupert trägt eine Brille mit Gläsern wie Glasbausteine. Sie hatte nur ihre Tasche und die Wolldecke mitgenommen. Und einen alten Hoodie von den *Boston Red Sox*.« Der Seufzer bei dieser Erinnerung kam tief aus seinem Innersten.

Mir haben die beiden alten Leute wirklich leidgetan, das

kannst du mir glauben. Aber vielleicht wollten sie gerade das erreichen. Vielleicht war das ihr neuer Plan: Wenn sie es nicht mit Gewalt schafften, versuchten sie es eben mit diesem rührenden Tränending, und diese beiden Leute waren einfach nur gute Schauspieler.

»Wenn du die Sache erledigt hast, nehmen wir dich mit«, sagte Charlotte Beauchamp. »Dich und Thelma. Alles, was du angestellt haben sollst, können wir aus der Welt schaffen. Dein Grandpa hat viele Jahre im Justizministerium gearbeitet. Er kennt Leute, wichtige Leute, glaub mir!«

Lux trat aus dem Dunkel des Raums in den schmalen Schein der Lampe über dem Tisch. Ich zuckte zusammen, weil ich sie nicht wieder hereinkommen gehört hatte.

»Es geht um das hier«, sagte sie und legte eine Aktenmappe auf den Tisch.

Die Pappdeckel, die alles zusammenhielten, waren rot und mit einem Hinweis auf absolute Vertraulichkeit versehen. Zwei Gummibänder, wie ich sie von Moms Einmachgläsern kannte, hielten alles zusammen. Ich zog die Gummis ab.

Ein paar der Papiere glitten mir entgegen. Zuoberst lag ein ungefähr fingerdickes Schriftstück, das mit einem schwarzen Leinenrücken und Umschlägen aus grüner Pappe gehalten wurde. Danach folgten einige lose Tabellen, Diagramme, Fotos, verschiedene Blätter mit chemischen Formeln, Fotos, wie ich sie aus dem Biologieunterricht kannte: die bizarren Formen von Bakterien und Viren. In einer Lasche hinten steckte ein etwas speckiges schwarzes Heft. Ich nahm es heraus und ließ die Seiten einmal über den Daumen laufen. Es schien eine Art Tagebuch zu sein, in dem sich jemand Notizen zu Teilen des Dossiers, einem Forschungsbericht, gemacht hatte.

Auf dem Deckblatt dieses gebundenen Scripts, das als *Entwurf* gekennzeichnet war, stand: *Ergebnisse der interdisziplinären Kommission – Berichterstatter: Prof. Dr. Luther Mockbridge.*

Darunter standen die Namen einer Reihe von wissenschaftlichen Mitarbeiterinnen und Mitarbeitern. Und ein Datum: *15. März 2059.*

»Das ist ein Scherz«, sagte ich.

»Nein, das ist es ganz und gar nicht«, sagte Lux.

»Dann ist es eine Fälschung«, erwiderte ich. »Es passt alles zu der wahnwitzigen Geschichte dieser verrückten Gang. Das glauben Sie doch nicht?«

»Wir haben es so in unserem Haus an der Stelle, die Thelma in ihrem Brief beschrieben hat, gefunden. Thelma neigt nicht zu solchen Scherzen«, sagte Logan Beauchamp. »Sie ist ein eigensinniges und widerspenstiges junges Mädchen gewesen, aber voller Ideale. Sie wollte die Welt verbessern, so sehr, dass man sie vor sich selbst schützen musste. Deine Mutter war ... ist besonders.«

»Mr Beauchamp, ich werde Boston erklären, um was es geht«, sagte Lux mit sanfter Stimme. So hatte ich sie bisher noch nicht erlebt. Man hätte ihr glatt die besorgte Enkelin abnehmen können. »Gehen Sie rüber zu Jacs und Yuval und ruhen Sie sich ein bisschen aus.«

Logan Beauchamp hörte auf sie und führte seine Frau hinaus.

»Ich denke, du kannst eins und eins zusammenzählen«, sagte Lux.

»Thelma ist 2009 verschwunden. Das Material ist aber fünfzig Jahre später datiert. Sie kann die Mappe also nicht selbst versteckt haben.«

»Es muss ihr also jemand die Mappe gebracht haben«, half mir Lux auf die Sprünge.

»Und das kann nur jemand –« Wieder sträubte sich alles in mir.

»Jemand sein, der fast ein halbes Jahrhundert später gelebt hat. Oder in noch fernerer Zukunft, nämlich aus Ashers, Yuvals, Jacs' und meiner Zeit. Denn dieser Mockbridge war im Jahr 2009 noch ein Grundschüler, der sicher keine gentechnischen Forschungsprojekte geleitet hat. Du selbst wirst Mockbridge erst in über dreißig Jahren begegnen.«

Ich schüttelte den Kopf, schwieg aber.

Lux stöhnte genervt, stapfte zur Tür, die hinter ihr scheppernd ins Schloss fiel. Keine drei Minuten später war sie wieder da, in der Hand ein Stück Kreide.

Mit der linken Hand wischte sie Staub und Dreck und die abblätternden Reste einer rotbraunen Farbe von der Wand. Schmutzig grauer Putz kam zum Vorschein. Sie zeichnete mit schnellen Zügen eine Linie auf und setzte an deren Anfang einen Kreis.

»Scheinbar beginnt es hier«, sagte Lux und trug mein Geburtsdatum in den Kreis ein. »Am 8. Dezember 2009. Es ist der Tag von Thelmas Flucht mit ihrem kleinen Jungen, mit anderen Worten: mit dir. Aber das ist nicht der echte

Anfang, denn der liegt ungefähr zwei Wochen davor, da hat sie dich nämlich auf die Welt gebracht.«

Lux verlängerte die Linie nach links und trug das neue Datum ein.

»Zwischen diesem und dem Tag, als die Colemans dich gefunden haben, muss Thelma Kontakt zu einer der Missionen gehabt haben, die nach dir suchen. Wir waren es leider nicht, sonst wäre alles anders gelaufen. Wahrscheinlich haben sie erst mal versucht, sie zu überreden. Die Mappe mit den Forschungsergebnissen ist wahrscheinlich so in Thelmas Hände geraten.«

»Sie hatte damals Besuch aus der Zukunft? So ... so wie ich jetzt?«, fragte ich.

»Ja, nur waren die Typen weniger nett, als wir es sind.« Lux lächelte. Sie meinte das ›nett‹ vollkommen ernst.

»Nett ist relativ«, knurrte ich.

Ich versuchte, mich in Thelmas Situation zu versetzen: Mit deinem neugeborenen Kind im Arm präsentieren dir ein paar Leute die Krankenakte dieses Kindes. Allerdings aus einer Zeit, die fünfzig Jahre in der Zukunft liegt.

»Wer auch immer es war, sie müssen Thelma massiv unter Druck gesetzt haben. Wenn eine Mutter sich entscheidet, ihr Kleines lieber an einer Bushaltestelle auszusetzen, als es diesen fremden Menschen auszuliefern, muss sie massive Angst um dein Leben gehabt haben.«

»Aber wie haben die und wie habt ihr mich gefunden?« Das war die Frage, die mir schon seit einiger Zeit auf den Nägeln brannte.

»Das war gar nicht so einfach«, antwortete Lux. »Aber

146

über die Gen-Datenbanken und sehr ausdauernd und schnell rechnende Server funktionierte es dann doch. Die Gentests nach deiner Geburt legten die erste Spur und die zweite brachte diese Geschichte mit der Knochenmarkspende in deiner Schule.«

Lux verlängerte die Linie nun erneut, dieses Mal nach rechts. »Durch die gewagte Aktion deiner leiblichen Mutter verschwindest du von der Bildfläche und tauchst erst gute fünfzig Jahre später wieder auf. In Luther Mockbridges Forschungsberichten.«

Sie trug die Jahreszahl ein und versah sie mit den Initialen des Mediziners.

»Was ist mit Thelma passiert?«

Lux hob beide Hände zum Ausdruck ihrer Ahnungslosigkeit. Sofort wuchs ein Verdacht in mir.

»Ihre Spur verläuft sich«, bestätigte Lux diesen Verdacht.

»Ihr habt sie also nie getroffen?«

Lux antwortete nicht.

»Und der Brief?«

Wieder antwortete Lux nicht.

»Gefälscht?«

Nun nickte Lux. »Wir mussten die alten Herrschaften mit etwas locken. Sie sollten uns helfen, dich zu überreden, und wir wollten ihnen etwas dafür bieten.«

»Ihr seid krank«, murmelte ich. »Damit brecht ihr ihnen das Herz noch einmal.«

Mein Vorwurf beeindruckte Lux nicht. Sie trug weitere Jahresdaten auf dem Zeitstrahl ein. »Die Pandemie beginnt Ende der 2050er-Jahre und vernichtet in den nächsten zwanzig Jahren unzählige Menschen. Etwa 2090 findet eine Physikerin in Mombasa die Formel zur Verdopplung einer tesseraktischen Hypercube-Konstruktion mit acht Dimensionen. Bis sie so stabil ist, dass organische Systeme transportiert werden können, dauert es noch einmal fast dreißig Jahre. Seit ungefähr zehn Jahren funktioniert der Transfer mittels der Mover weitgehend reibungslos. Unter gewissen Umständen. – Weißt du, was ein Tesserakt ist?«

Ich schüttelte den Kopf. Allerdings nicht, weil ich es nicht wusste, sondern aus Verzweiflung. Spätestens jetzt war mir klar: Sie spinnt. »Du willst mir nicht mit den Avengers und Captain America und Loki kommen? Nicht wirklich, oder?«, sagte ich.

Lux lachte. »Nein, vergiss deine Marvel-Comics. Ich meine den echten Tesserakt, einen Hypercube mit acht Dimensionen. Das ist die Voraussetzung für Bewegungen in der Zeit. Und genau darum handelt es sich bei dieser Wunderpille, die keine ist. Du schluckst sie und wartest auf das Signal. Allzu oft kannst du es nicht machen, weil es dir das Gehirn sonst zerfrisst. Und je weiter du zurückgehst, desto instabiler wird das System. Wir haben zudem nicht alle Zeit der Welt. Wir müssen die Zeitfenster für den Transfer nutzen, das nächste ist nur vier Tage offen.

Ich habe dir gesagt, dass wir nicht die erste und nicht die einzige Mission sind. Was meinst du, was einige Leute bei uns dafür geben würden, wenn sie dich oder einfach nur dein Rückenmark in die Finger bekämen? Der koreanischen Mafia geht es nicht um die Menschheit, im Gegenteil. Den Deutschen und den Franzosen auch nicht.«

»Und zu wem gehört ihr?«

»Zu den Guten. Glaub es mir. Ein privater Zusammenschluss von ehemaligen Staaten rund um die Ostsee. Polen, Norwegen, Finnland, die baltischen Staaten und Teile von Russland, die Gebiete um Pskow und Sankt Petersburg. Die anderen wollen nur ihr eigenes Leben in den Kuppeln verteidigen. Mit allen Mitteln. Wir würden dich wieder zurückbringen.«

Von draußen drangen Schreie in einer Sprache zu uns herein, die ich nicht verstand.

»Die Deutschen!«, schrie Lux. »Verdammt! Wenn man vom Teufel spricht!«

Dann knallte es ein paarmal, bis aus dem Knallen ein Geräusch wurde, das ich bisher nur im Fernsehen gehört hatte: Salven von Schüssen hallten durch das Gebäude. Ich musste sofort an die halbautomatische Waffe denken, die ich auf den Überwachungsvideos gesehen hatte, mit denen man mir den Raubüberfall hatte unterschieben wollen.

Lux riss die Tür auf und Charlotte Beauchamp, die direkt dahinterstand, stieß einen Schrei aus. Ihr Mann legte den Arm schützend um ihre Schulter. Lux schob beide zu mir in den Raum und verriegelte die Tür von außen. Mit weit aufgerissenen Augen starrten mich die beiden Alten an.

»Logan, was ist passiert?«, fragte Charlotte Beauchamp, aber auch ihr Mann wusste darauf keine Antwort.

Die Röhrenlampe unter der Decke flackerte. Das Licht erlosch. Eine Explosion schlug die Tür aus den Angeln, Rauch drang in den Raum. Wieder ratterten Schüsse, im

Vorraum war durch den Dunst hindurch das Mündungs-
feuer zu erkennen.

Vielleicht handelte es sich ja um ein Einsatzkommando,
das mich befreien würde. Das hoffte ich. Es war leider ein
Irrtum.

»Wir haben ihn«, rief eine Männerstimme.

[Störgeräusche, Band-Ende]

V.

York, Nebraska
Recharge Recreation Area

1114 Recharge Road
York NE 68467
Nebraska | USA

Sonntag, 28. August 2022 | 15:00 Uhr

Rosalind Casey hatte es den Spezialisten im Field Office überlassen, alles, was Raff Myers jemals irgendwo im weiten Netz gespeichert hatte, nach diesen Fotos abzusuchen, die Boston Coleman in seiner wütenden Nachricht auf Raffs Smartphone angesprochen hatte. Wenn ihnen hier jemand weiterhelfen konnte, waren das Richie und seine Leute. Rosalind wusste, dass ihr IT-Spezialist dabei manchmal Wege ging, auf denen er hier und da den ganz legalen Pfad verließ. Aber sie wusste auch, dass Material von ihm am Ende jeder Überprüfung durch gegnerische Rechtsanwälte standhielt. Dafür sorgte der Nerd.

Sie waren jede Notiz, jeden Schnipsel in dieser Ermittlung mittlerweile drei- oder viermal durchgegangen. Sie hatten noch einmal im Büro des Sheriffs mit Celia gesprochen. Da Rosalind sich nicht sicher war, ob sie diesem Josh

Miles trauen konnte oder er vielleicht doch die schützende Hand über seinen Boyscout-Führer hielt, hatte sie einen Vorwand benutzt, um ihn von dem Gespräch auszuschließen.

Celia bestätigte ihre Aussage noch einmal. Sie schwor, dass es keine Narbe auf Bostons rechter Bauchseite mehr gab. Noch sicherer war sie sich nur in ihrem Gefühl, dass diese Person nicht der Boston war, den sie kannte.

Ein Gefühl war keine gute Begründung, um den Jungen vorzuladen und sich noch einmal mit diesem dicken kleinen Rechtsanwalt herumzuschlagen.

Rosalind war klar: Wenn die Lösung eines solchen Falls sich nach zwei oder drei Wochen nicht wenigstens am Horizont abzeichnete, drohten die Spuren zu erkalten. Der Täter hatte allergrößte Chancen, ungestraft und wahrscheinlich sogar unentdeckt davonzukommen.

Es geht jetzt um Mord, rief sie sich immer wieder ins Gedächtnis, aber außer schlechter Laune bewirkte das nichts.

Bostons Nachricht an Raff Myers reichte auf jeden Fall, um ihn noch einmal intensiv zu befragen, aber Gionelli und Rosalind hatten sich entschlossen, damit zu warten. Wenn sie die Bilddateien fanden, hatten sie viel mehr in der Hand. Was hatte Raff Myers gesehen und sogar fotografiert, dass Boston Coleman so wütend gemacht hatte?

Sie selbst versuchte, am Wochenende ein bisschen abzuschalten. Sie wollte mit einer Tasse Kaffee und einem guten Buch im Bett bleiben, ein bisschen im Garten herumgraben, am Sonntag einen Kuchen backen und vielleicht die ganze Familie zu einem Kaffeeklatsch zusammentrommeln. Das war der Plan und er war gehörig in die Hose gegangen. Sie hatte den Kopf nicht freibekommen.

Am Samstagmorgen, nach einer halben Stunde im Bett, in der sie keine drei Seiten ihres Romans geschafft hatte, gab Rosalind auf. Sie hatte nicht einmal mehr die Zutaten für die Kirschtorte gekauft und den Garten gar nicht erst betreten. Stattdessen war sie ins Büro gefahren und hatte sich vor die große Stellwand gesetzt, auf der sich die Fotos, Notizen, Verbindungslinien und Kartenausschnitte der Gegend immer weiter ausdehnten.

Der Fall Coleman entwickelte sich ganz und gar zu dem, was sie befürchtet hatte: zu einem Desaster. Schon jetzt zweifelten in ihrer Abteilung und in der Staatsanwaltschaft einige an ihrem Verstand. Aber was sollte sie machen?

Das Mädchen hatte bei seiner Aussage keineswegs verwirrt oder hysterisch gewirkt. Celia Rowe und niemand aus ihrer Familie hing irgendwelchen Verschwörungstheorien an, sie zeigte keinerlei Anzeichen von psychotischen Schüben mit Wahnvorstellungen oder Halluzinationen. Sie war zunächst ein wenig unzugänglich und verstockt gewesen, okay. Aber das hatte sie mit ihrer Aussage abgelegt.

Die Überwachung von Boston Coleman und seinen Eltern hatte am Wochenende nicht mehr viel ergeben. Keine mysteriösen Telefonate auf Polnisch, schon gar kein Versuch, der Beschattung zu entkommen. Boston winkte den Kollegen, die an ihm dranblieben, gelegentlich frech zu – das war alles.

Am Sonntag war Rosalind zum Schwimmtraining der Boyscouts an den kleinen See nahe York gefahren: braunes Wasser, das nicht sehr einladend aussah, eine Bande acht- bis zehnjähriger Kinder, denen das nichts ausmachte, ein paar Erwachsene, die auf dem Platz neben dem Empfang des Campingplatzes Partyzelte und Biertische aufbauten.

Boston leitete die Übungen an. Die Jungs mussten hinaus zu einer Boje schwimmen, dort einen signalgelben Ring herauftauchen und wieder zurückschwimmen. Einige machten es gut, bei den meisten war es ein Geplansche und Geschreie, weil sie unterwegs allen möglichen Unsinn veranstalteten und wenig auf die Stoppuhr in Bostons Hand gaben. Der feuerte sie immer wieder an, wirkte aber doch eher lustlos. Manchmal wirkte er für ein paar Augenblicke sogar genervt. Den engagierten und fürsorglichen Boyscout-Führer mit der Eagle-Star-Auszeichnung erkannte Rosalind in ihm nicht. Es schien, als könne er sich nicht einmal die Namen der Jungs merken.

Das alles interessierte Rosalind jedoch nicht so sehr. Vielmehr hatte sie gehofft, sich den Jungen genauer ansehen zu können. Sie wollte selbst einen Blick auf seinen Bauch werfen, wenn er vielleicht mit den Wölflingen im Wasser tobte, aber Boston Coleman stand bisher nur in Surfershorts und T-Shirt am Ufer. Seine Jungs hatten ihn ein paarmal nass gespritzt, einmal sogar versucht, ihn ins Wasser zu zerren, was ihnen aber nicht gelungen war.

Boston sprach Rosalind sogar an, während seine Gruppe eine Pause machte.

»Hey, Agent Casey! Kommen Sie gleich zum Barbecue? Das ist doch Ihre Spezialität«, rief er. »Oder brauchen Sie auch eine kleine Abkühlung?«

In der brütenden Hitze wäre ein Sprung ins Wasser keine schlechte Idee gewesen, aber sie setzte sich ins Auto und drehte die Klimaanlage hoch.

Kurz darauf erblickte Rosalind den Lieferwagen der Colemans.

Sie fuhren bis zu dem Platz neben dem Schwimmbad, wo bereits alles für ein kleines Fest der Pfadfinder aufgebaut war. Jemand testete die Musikanlage, Eltern schleppten Salate an, die Colemans brachten eine Platte mit Muffins.

Rosalind zündete den Motor. Sie setzte aus der Parkbucht zurück und überließ wieder den beiden jungen Agent-Anwärtern das Feld, die heute für die Überwachung zuständig waren. Sie war schon fast bis zur Straße gekommen, da überlegte sie es sich noch einmal. Im Rückwärtsgang rollte sie langsam bis zum Wagen ihrer Kollegen, brachte das Auto auf der Höhe der Fahrertür zum Stehen und beugte sich über den Sitz zum offenen Fenster hinüber.

Der Kollege im zweiten Wagen senkte ebenfalls die Scheibe. »Ma'm?«, fragte er. Dabei schob er einen Zahnstocher von einem Mundwinkel in den anderen. Das schien er besonders lässig zu finden.

»Ich will sofort wissen, wenn er oder seine Eltern die Party verlassen, verstanden?«

»Aye«, sagte der Kollege.

»Sofort!«

»Sofort, natürlich, Ma'm.«

»Und noch etwas: Lassen Sie den Mist mit dem Zahnstocher. Das machen Cops in Fernsehserien der 1970er-Jahre. Und der Coolste von ihnen lutschte übrigens einen Lolli.« Dann fuhr Rosalind in zügigem, aber nicht übertriebenem Tempo nach Waco zum Haus der Colemans. Dabei schaute sie auf die Uhr. Wenn man sich an alle Geschwindigkeitsbegrenzungen hielt, brauchte man maximal fünfzehn Minuten. Ausreichend Zeit, um zu verschwinden, wenn sie eine Nachricht von ihrem Kollegen mit dem Zahnstocher bekam.

Der ganze Ort brütete wie ausgestorben in der Augusthitze. Wer nicht an einen See geflüchtet war, döste irgendwo im Schatten oder ließ sich von der Klimaanlage bei verschlossenen Türen und verhangenen Fenstern runterkühlen.

Sie streifte sich Latexhandschuhe über. Ein solcher Besuch im Haus eines Verdächtigen war ohne einen entsprechenden richterlichen Beschluss nicht nur nicht verwertbar, wenn es zu einer Anklage kam. Er konnte ein ganzes Verfahren platzen lassen, bevor es richtig losgegangen war. Und es konnte das Ende ihrer Karriere bedeuten.

Durch die Hintertür verschaffte sich Rosalind schnell Zugang zum Haus. Sie kannte sich durch den Einsatz, als sie Boston mit ziemlich großem Tamtam festgenommen hatten, aus. Ganz ohne Schäden war die Aktion nicht abgelaufen, aber die Colemans hatten das Haus längst wieder in Ordnung gebracht.

Alle Jalousien waren verschlossen. Die Luft stand in den Räumen.

Rosalind hielt sich nicht lange im Erdgeschoss auf. Da sie nicht wusste, wonach sie eigentlich suchte, sollte sie die vielleicht knappe Zeit gut nutzen. Irgendwo hatte sie mal einen Spruch gelesen: Auch ein blindes Huhn findet mal ein Korn, aber es ist hilfreich, wenigstens im Hühnerstall zu suchen. Also würde sie sich in Bostons Zimmer umschauen.

Die Tür des Jungenzimmers schmückte von außen eine Fototapete: ein riesiger Pottwal, der schnurgerade nach oben zur Wasseroberfläche strebte, direkt auf ein kleines dreimastiges Segelschiff zu, dessen Besatzung wahrscheinlich noch nichts von dem Angriff aus der Tiefe ahnte.

Der Geruch im Zimmer kam ihr noch ziemlich bekannt vor: Turnschuhe und T-Shirts, die mindestens einen Tag zu lang getragen und dann im Schrank statt im Wäschekorb gelandet waren.

Auch sonst gab es hier nichts, das sich vom Zimmer eines x-beliebigen Jugendlichen in Bostons Alter unterschied. Auszeichnungen und Urkunden der Boyscouts, auch hier einiges, das auf Bostons Begeisterung für Wale hinwies, ungewöhnlich viele Bücher, Fußballklamotten, Torwarthandschuhe, ein Poster der Chicago-Fire-Mannschaft mit Unterschriften der Spieler. Das Bett war nicht gemacht, was darauf hindeutete, dass er es sich verbat, dass seine Mutter das übernahm.

Rosalind tastete die Stapel von T-Shirts und Pullovern im Schrank ab und untersuchte die Schubladen der alten Kommode, in der sie neben Socken und Unterhosen noch eine stattliche Sammlung von Marvel-Comics fand. Superhelden aller Art, von denen sie noch nie gehört hatte.

Ihr Vorgehen war zielgerichtet und schon oft erprobt. Sie ging systematisch vor, ließ sich nicht ablenken, sodass sie nach ein paar Minuten fast jeden Winkel des Raums in Augenschein genommen hatte.

Das hatte sie schon vor vielen Jahren gelernt, von ihrem damaligen Partner, dem ersten, mit dem sie im Team zusammengearbeitet hatte. Die Überlegung, wo jemand wohl am ehesten Dinge vor den Augen anderer versteckte, brachte nicht viel. »Es gibt drei Möglichkeiten«, hatte Wayne Cartland, ihr Ausbilder, damals gesagt: »Entweder hast du einen konkreten Hinweis oder du machst es systematisch oder – und das ist die häufigste Variante – der Zufall hilft dir.« Jetzt fiel ihr wieder ein, dass der Spruch mit dem Huhn und dem Korn und dem Stall auch von Wayne stammte.

Sie nahm sich jetzt noch den Schreibtisch vor, auch das ohne Ergebnis, außer, dass er offensichtlich versucht hatte, die Sache mit diesem Laplace-Experiment zu pauken.

Fehlte nur noch das Bett. Vorsichtig hob sie die Matratze an, tastete das Kissen ab. Eine Decke gab es nicht, weil zu dieser Jahreszeit schon ein einfaches Laken zu Schweißausbrüchen führte.

Unter dem Bett fand Rosalind nicht einmal zerfledderte Pornohefte. Vielleicht war er doch noch nicht in dem Alter, wahrscheinlicher war aber, dass die Jungs sich so etwas heutzutage sowieso auf dem Smartphone anschauten.

Dafür entdeckte sie zwischen ein paar Staubflocken eine Schachtel. Rosalind zog sie hervor. Sie kramte in ihrem Gedächtnis, ob dieser Karton im Durchsuchungsbericht bei Bostons erster Festnahme erwähnt worden war. Vorsichtig stellte sie ihn aufs Bett und lüpfte den Deckel. Der Geruch von Mottenkugeln stieg ihr in die Nase. Eine rosafarbene Babydecke aus kuscheliger Wolle kam zum Vorschein. Darunter lag ein Hoodie mit dem Logo der *Boston Red Sox*.

Rosalinds Mobiltelefon surrte in ihrer Tasche. Hastig kramte sie es hervor.

»Ja?«, fragte sie. Wahrscheinlich musste sie sich jetzt sputen.

Aber es war nicht der Zahnstocher-Typ.

Richie meldete sich am anderen Ende. »Wir haben etwas. Das haut dich vom Hocker. Gionelli hat schon den Haftbefehl besorgt.«

Tonbandprotokoll

Asservaten-Nr.:	KxCV|24–111v
Aufnahmegerät:	Revox A77 MkIV
	(Baujahr 1978)
Transkription:	Lucas Butler (lb)

Ich muss die Bänder nummerieren, wenn sie durcheinanderkommen, kapiert das kein Mensch mehr. Eigentlich müsste ich auch vorlesen, was in diesem Forschungstagebuch steht, dem Schulheft. Das hat es wirklich in sich und ist alles andere als ein Schulheft.

Ob mein Kalender im Moment noch stimmt, weiß ich nicht. Ganz sicher bin ich mir nicht, ob ich wirklich richtig gezählt und auch nie einen Strich in dem alten Kalender in der Küche vergessen habe. Sehr wahrscheinlich haben wir den 12. Januar, vielleicht auch den 13. oder 14.

Die Sache mit meinen Großeltern passierte also Anfang September, das habe ich nachher rekonstruiert. Ich kann es immer noch nicht glauben, dass sie meine Großeltern sind.

Ich bin immer wieder verwirrt.

Es waren in dem Hangar tatsächlich gut zwei Wochen vergangen, ohne dass ich es richtig gemerkt hatte. Reflexartig hatte ich wenigstens einen Teil des Dossiers, genauer gesagt das Schulheft, gerafft und es mir hinten in die Hose gesteckt. Als ich nach dem Forschungsbericht greifen wollte, trat auch schon ein bulliger Typ in einem Flecktarn-Overall mit einer Wollmütze auf dem Kopf in den Raum.

»Hände an den Hinterkopf«, brüllte er und strahlte mich mit einer Stabtaschenlampe an, die auch das Flutlicht im Madison Square Garden ersetzen konnte. Mir geht jetzt noch der Puls schneller, wenn ich an den Moment denke, als sich der Nebel verzogen hatte. Beim Anblick dessen, was draußen passiert war, wurde mir schummrig. Die Typen, es waren mindestens fünf oder sechs Männer, die allesamt wie Guerillakämpfer aus einem schlechten Film aussahen, hatten eine Schneise der Verwüstung durch den Hangar gezogen.

Mich zog der eine hinaus auf den Vorplatz. Da ich außer der Jeans und dem T-Shirt, die Lux mir vor dem Besuch der Beauchamps gebracht hatte, nichts am Körper trug, musste ich auf nackten Sohlen durch das Meer aus Scherben und Trümmern laufen.

Im ersten Raum lag eine zusammengekrümmte Gestalt. Am Haarschopf erkannte ich, dass es Yuval sein musste. Ich konnte nicht erkennen, was mit ihm geschehen war. Gleiches galt für Lux, die ein paar Meter weiter lag. Immerhin breitete sich um keinen der beiden eine Blutlache aus und auf die Schnelle waren keine Schusswunden oder ähnlich schlimme Verletzungen zu erkennen.

Im Hangar selbst stand der Dodge mit der Flammendekoration auf den Seiten. Die Fahrertür stand offen, ebenso die scheunentorgroße Schiebetür des Gebäudes, die nach draußen führte. Jetzt konnte ich sehen, welche Tageszeit wir hatten. Die untergehende Sonne färbte den Himmel bereits glutrot und tauchte die Start- und Landebahn des kleinen Flugplatzes in ein unwirkliches Licht. Links der Runway parkten zwei einmotorige Maschinen, bei denen aber selbst das romantische Abendlicht nicht verbergen konnte, dass sie schon länger keine Luft mehr unter den Tragflächen gespürt hatten.

»Warte«, sagte mein Begleiter, bevor wir nach draußen gingen.

Zwei Männer traten aus dem Schatten eines Vorsprungs auf der linken Seite des Gebäudes.

»Habt ihr die anderen gefunden?«, fragte der bullige Anführer. »Sie sind zu viert hier, zwei fehlen noch.«

»Das ist alles verlassen und schrottreif hier«, antwortete einer der beiden. Er sprach mit einem harten Akzent. »Und vielleicht sollten wir hier nicht so eine Randale machen, mein Gott, das sind ja fast noch Kinder, die sie geschickt haben. Mach also nicht so einen Aufstand.«

»Was soll der Mist?«, brachte ich endlich hervor.

Der Anführer drehte sich zu mir herum. »Du hältst deinen Mund und tust, was ich sage. – Und für dich gilt das dreimal. Sonst bleibst du hier«, wandte er sich an den Deutschen. Er ging ein paar Schritte auf ihn zu. Seine Waffe hob er leicht an.

Mir gab das die Gelegenheit, das Feld um mich herum noch einmal zu überblicken. Aus dem Augenwinkel nahm ich eine Bewegung auf der Ladefläche des Pick-ups wahr: Jacs lugte über den Rand der seitlichen Planke. Er hob die Hand und flippte mir einen kleinen Gegenstand zu. Reflexartig griff ich zu. Genauso schnell war das schwarze

Ding in der Tasche meiner Jeans verschwunden. Es war das Kästchen, in dem sich der Mover befand.

Der Anführer drehte sich zu mir um.

Jacs zuckte zurück. Er war unentdeckt geblieben.

Der Anführer winkte seine Leute heran. »Ihr bringt das hier in Ordnung. Entfernt die Alten und sorgt dafür, dass hier nichts übrig bleibt. Und du passt solange auf den Jungen auf.« Er zeigte zuerst auf den Deutschen, dann auf mich.

Ich hatte mich derweil unbemerkt dem Pick-up genähert. Hinter mir hörte ich die Stimme von Jacs, so leise, dass ich zuerst nichts verstand.

Der Deutsche kramte aus der Beintasche seiner Baggys ein Etui, nahm einen Zigarillo heraus und holte ein Sturmfeuerzeug hervor. Der erste Versuch, den Glimmstängel anzuzünden, ging schief.

»Der Schlüssel steckt im Schloss«, flüsterte es hinter mir. »Hau ab, egal was passiert, hast du verstanden, egal was passiert.«

»Was ist los?«, fragte der Deutsche und machte einen zweiten Versuch. Wieder versagte das Feuerzeug. Er stieß einen Fluch aus, es war tatsächlich Deutsch.

»Ich habe gesagt: Das Auto hat einen Zigarettenanzünder«, sagte ich.

Um ehrlich zu sein: Ich bin nicht der Typ für solche Situationen, echt nicht. Schon wenn ich so etwas im Film sehe, wird mir einigermaßen anders. Ich wünschte mir Celia herbei. Sie wäre garantiert cool wie ein Beutel Eiswürfel.

Dann blitzte mir ein schräger Gedanke durch den Kopf: Mir konnte nichts passieren. Ich hatte das Foto gesehen, das Foto von mir mit Celia und den Kindern, die wir in zig Jahren haben würden. Wenn ich jetzt sterben würde, gäbe es keine Zukunft für mich, keine Hochzeit mit Celia, keine Kinder, kein Foto.

Du fängst also an, diesen Mist zu glauben!, schoss der zweite Gedanke hinterher.

Ich stieg auf das kleine Trittbrett an der Fahrerseite, beugte mich in das Auto hinein und sah, dass es in der Mittelkonsole tatsächlich einen Zigarettenanzünder gab. Der mich allerdings nicht interessierte.

Viel interessanter war der Thermobecher, der zwischen den Sitzen in der vorgesehenen Ausbuchtung stand. Ich ergriff ihn, zog mich aber gleichzeitig auf den Fahrersitz.

»Komm da raus, Junge, was machst du da?« Der Deutsche steckte sein Rauchzeug weg und bewegte sich auf den Pick-up zu.

Alles Weitere war eine schnelle Bewegung: Ich warf den Kaffeebecher aus Edelstahl mit voller Wucht und traf den Typen an der Stirn, dann zündete ich den Wagen, drückte auf die Bremse, legte den Drive-Modus der Automatik ein, trat das Gaspedal durch. Der Motor des Dodge heulte auf. Ich hatte nicht wirklich viel Erfahrung im Autofahren, aber das automatische Getriebe ließ mich nicht im Stich. Mir schoss ein Werbespruch des Herstellers durch den Kopf, den ich in irgendeiner alten Zeitung einmal gelesen hatte: ›Manchmal brauchen sogar Superhelden einen Dodge, um vorwärtszukommen‹ oder etwas in der Art.

»Yihaaa«, schrie ich und kam mir gleich albern vor.

Auf der Ladefläche regte sich etwas. Ich sah im Rückspiegel, dass Jacs aufgesprungen war. Der Seitenspiegel zeigte mir, wie der Deutsche die Beine in die Hand nahm, um mir zu folgen. Von seiner Augenbrauen lief Blut hinab. Ich hatte mit dem Kaffeebecher einen Volltreffer gelandet. Er wischte sich das Blut aus den Augen und zückte seine Waffe. Im Laufen ballerte er hinter dem Auto her, Kugeln schlugen in das Metall der Ladefläche.

Jacs schrie auf, kippte zur Seite.

War er getroffen? Hatte ich ihn mit meinem heißen Fahrstil einfach über Bord gehen lassen?

Ein weiterer Schuss zertrümmerte den linken Seitenspiegel.

Ich drückte das Gaspedal durch. Die durchdrehenden Reifen schleuderten Schmutz und Steinchen hoch, der Deutsche verschwand in einer Staubwolke. Hinter uns waren noch Schüsse zu hören, aber sie trafen ihr Ziel nicht mehr.

Der Flugplatz lag in einer einsamen flachen Gegend, die auf weite Sicht kaum ein Versteck bot. Außerdem zog der Pick-up eine gut sichtbare Staubwolke hinter sich her. Die Frage war, wir schnell diese Typen sich hinters Steuer ihres Wagens klemmen und mir folgen konnten.

Nach ungefähr zwei Meilen stieß die unbefestigte Piste auf eine Asphaltstraße. Es gab kein Schild, wohin sie führte. Ich hatte die untergegangene Sonne im Rücken. Nach links musste es ziemlich genau Richtung Süden gehen. Wenn es stimmte, was Lux gesagt hatte, befand ich mich in der Nähe von Sioux City. Also musste ich diese Richtung nehmen, um nach Hause zu kommen.

Ich fuhr nach rechts. Wenn sie mich vielleicht im Süden vermuteten, war Norden meine Richtung.

»Jacs!!«, schrie ich aus dem offenen Fenster.

Er antwortete nicht, aber ich konnte noch nicht anhalten. In der Ebene hinter mir waren zwar keine Scheinwerfer zu sehen, aber das Risiko, dass die Kerle mich einholten, war noch zu groß. Ich gab wieder Gas. Auf dem Tacho wurden fünfzig, bald achtzig und schließlich knapp hundert Meilen die Stunde angezeigt.

Wenn du noch nie hinterm Steuer eines Autos gesessen hast und plötzlich mit hundert Sachen durch die Dunkelheit rast, wird dir schnell flau im Magen. Insekten klatschten gegen die Windschutzscheibe, ein entgegenkommendes Auto blendete mich, der Fahrer hupte, weil ich über den Mittelstreifen geraten war, aber das Geräusch zog schnell an mir vorüber. Etwas schlug gegen den linken Kotflügel, und ich hoffte, dass ich kein Tier erwischt hatte. Ich zog reflexartig das Lenkrad nach rechts, geriet auf den unbefestigten Seitenstreifen. Auf der Ladefläche rumpelte etwas. Ich ging vom Gas.

Eine einsame Kreuzung tauchte im Licht der Scheinwerfer auf.

Ich bremste.

Links, rechts, geradeaus?

Ich schaltete das Licht aus und fuhr nach rechts. Der Verlauf der Straße war zwar nur zu erahnen, aber meine Augen gewöhnen sich nach und nach an die Dunkelheit.

Ein paar Hundert Meter weiter ragten rechteckige Gebilde auf. Als ich sie erreichte, entpuppten sie sich als windschiefe Werbetafeln.

Ich steuerte den Dodge von der Straße hinunter, jetzt nur noch im Schritttempo, bis das Auto hinter einer der demolierten Plakatwände komplett verschwunden war. Sie war von Schüssen durchlöchert, vielleicht machten die Jungs der Gegend hier Schießübungen mit den Knarren ihrer Dads.

Mit einem Sprung stand ich neben dem Pick-up. Steinchen und Scherben stachen in meine Fußsohlen. Ich hatte vergessen, dass ich barfuß, ohne Schuhe abgehauen war. Mit einem zweiten Sprung hievte ich mich auf die Ladefläche.

Sie war leer.

Unter dem Fenster an der Rückwand der Fahrerkabine gab es eine mit einem Schloss befestigte Metallkiste, daneben lag ein löchriger Jutesack. Sonst nichts. Kein Jacs. Nicht die geringste Spur von ihm.

Als ich hinaufkletterte, spürte ich an meinen Händen etwas Feuchtes und stellte auf den zweiten Blick fest, was es war: Blut.

Federal Bureau of Investigation (FBI)
Außenstelle Omaha

4411 South 121st Court
Omaha, NE 68137-2112
Nebraska | USA

Sonntag, 28. August 2022 | 21:10 Uhr

Die Sonne war gerade untergegangen. Es hatte alles ein bisschen länger gedauert, vor allem die stellvertretende Bezirksstaatsanwältin hatte sie warten lassen. Bis man Viola Travis endlich aufgetrieben hatte, waren allein zwei Stunden vergangen.

Nun saßen alle im größten Vernehmungsraum, über den die Außenstelle verfügte: im Hintergrund an der Wand Liz und Archie Coleman, denen die Verzweiflung ins Gesicht geschrieben stand. Auf der einen Seite des Tischs Boston Coleman und sein Anwalt, der es heute nicht in seinen Anzug geschafft hatte, sondern in Shorts erschienen war, die seine käsigen Beine bloßlegten. Rosalind und Gionelli saßen ihnen gegenüber, die Staatsanwältin wartete im Nebenraum und beobachtete alles über die Videoaufzeichnung.

Peter Gionelli leierte die Aufklärung des Verdächtigen über seine Rechte runter: dass er schweigen durfte, dass Dinge, die er sagte, gegen ihn verwendet werden konnten und so weiter und so fort. Vor allem erklärte er ihm jedoch, dass die Befragung Teil der Ermittlungen in einem neuen Verbrechen sei.

»Es geht um den Mord an Raff Myers«, sagte Gionelli. Augenblicklich kam Bewegung in den Raum. Liz Coleman stieß einen kieksenden Laut aus. Archie Coleman sprang vom Stuhl auf. Der Anwalt ratterte zwei wenig überzeugende Gründe hervor, warum diese Befragung nicht stattfinden dürfte.

»Sie haben sich in Ihre Theorie, dass mein Mandant ein massenmordendes Monster ist, verrannt«, beharrte Charlie Gibbons. »Gehen Sie eigentlich anderen Spuren nach? Warum sollte der Junge all das tun?«

Boston selbst schwieg dazu.

»Das fragen wir uns auch«, schaltete Rosalind sich ein. »Aber alle Spuren führen zu ihm.«

»Weil Sie keine anderen sehen wollen. Beenden Sie den ganzen Unsinn hier besser.« Gibbons schlug mit seiner fleischigen Hand auf den Tisch, dass es platschte.

»Wann hast du Raff Myers zuletzt gesehen?«, fragte Rosalind.

Der Junge zuckte mit den Achseln. »Weiß nicht, wir sehen uns jeden Tag in der Schule.«

»Hattest du in der letzten Zeit Ärger mit ihm?«

»Nicht mehr als sonst auch. Ich glaube, jeder hatte Ärger mit ihm.«

»Glaubst du?«

»Ja.«

»Okay. Womit hat Raff Myers dich erpresst?«

»Darauf musst du nicht antworten«, fuhr der Anwalt sofort dazwischen.

»Hat Raff dich erpresst?«, fragte Archie Coleman erstaunt.

»Halt. Den. Mund.« Man konnte nicht genau sagen, ob Charlie Gibbons den Vater oder den Sohn meinte.

Rosalind bekam keine Antwort. Sie legte eine Mappe auf den Tisch. »Sagt dir der Name *Bombastic4U* etwas?« Rosalind wartete nun erst gar nicht ab, was der Anwalt sagte oder ob sonst eine Reaktion auf ihre Frage kam. »Raff benutzte eine ganze Reihe von Pseudonymen im Internet. Er hatte Accounts auf allen gängigen Plattformen. *Bombastic4U* alias Raff Myers prahlt in einem Chat damit, dass er den N – ich möchte die Bezeichnung lieber nicht benutzen, weil sie rassistisch ist und auch als Zitat Menschen mit schwarzer Hautfarbe verletzen würde. Das will ich nicht. Ich würde dir gerne Straftaten nachweisen, die du begangen hast, aber verletzen oder beleidigen möchte ich dich nicht. Raff Myers war das egal, stimmt's? Er hat dich sicher sehr genussvoll so genannt.«

Peter Gionelli neben ihr atmete hörbar durch. Er hätte das N-Wort benutzt, daran bestand kaum Zweifel.

»Das hat dich wütend gemacht.« Rosalind stellte keine Frage. Sie stellte es fest. »Also, er schreibt dort, dass er diese Person ›hart bei den Eier packen und durch die Stadt schleifen‹ würde, wenn sie nicht zahlt.«

»Nur weil man wütend ist, haut man keinem die Rübe ein«, murmelte Boston.

»Wie bitte?«, fuhr Peter Gionelli dazwischen.

Rosalind legte ihm die Hand auf den Unterarm. Es war laut genug gewesen. Auch für die Tonaufzeichnung. »Weißt du, bisher hat niemand gesagt, auf welche Weise Raff umgebracht wurde. Ihm wurde mit einem Stein ›die Rübe eingehauen‹, um deine Worte zu benutzen.«

Rosalind unterband den Versuch des Anwalts, erneut einzuschreiten. Ein scharfer Blick genügte dazu. »Weißt du, mein Junge, man nennt so etwas in unserem Jargon ›Täterwissen‹.« Sie wandte sich dem Anwalt zu. »Vielleicht sollten Sie mit Ihrem Mandanten über eine neue Strategie nachdenken. Wenn er mit uns zusammenarbeitet und ein Geständnis ablegt, rechnen ihm das die Geschworenen und der Richter sicher strafmindernd an. Nebenan wartet die Staatsanwältin. Sie ist bereit, einen Deal auszuhandeln.«

»Können wir mit unserem Sohn alleine sprechen?«, fragte Archie Coleman.

Rosalind schüttelte den Kopf. »Ich habe noch ein oder zwei Fragen.«

Sie waren bei der Überprüfung der Social-Media-Accounts von Raff doch noch fündig geworden. Sie zog den Ausdruck eines Fotos hervor, das Raff im Chat einem Kumpel geschickt hatte. Es zeigte Boston, wie er auf einer Landstraße neben dem Dodge mit dem Flammenmuster steht und sich mit dem Fahrer unterhält. »Du hast uns gesagt, dass du nie etwas mit diesem Auto und seinen Insassen zu tun hattest?«

»Mein Mandant sagt zu nichts mehr was. Kommen Sie mir nicht mit Ihrem ›Täterwissen‹. Man sagt das so dahin:

Ich hau doch keinem die Rübe ein. Das ist alles andere als ein Geständnis.«

»Gut, dann lassen wir Sie jetzt alleine.«

Draußen vor der Tür atmete Rosalind auf. »Es sind immer noch Indizien, aber wir kommen der Sache näher. Du bringst ihn gleich runter und bleibst bei dem ganzen Prozedere bei ihm, Wertsachen einkassieren, Gürtel abnehmen und so weiter. Sorg dafür, dass er auch das T-Shirt auszieht.«

Gionelli runzelte die Stirn. »Was soll das denn bezwecken? Dazu besteht kein Anlass, wir haben unten doch keine Anstaltskleidung.«

»Denk dir irgendeinen Vorwand aus. Mir lässt diese Aussage von Celia Rowe keine Ruhe. Ich will wissen, ob er eine Blinddarmnarbe hat.«

»Okay, wenn du meinst«, sagte Gionelli.

Tonbandprotokoll

Asservaten-Nr.:	KxCV|24-111v
Aufnahmegerät:	Revox A77 MkIV
	(Baujahr 1978)
Transkription:	Lucas Butler (lb)

Jacs' Verschwinden machte mir Sorgen. Wo war er? War er bei meinem Stopp an der Kreuzung abgesprungen? Hatte er sich aufgerichtet und bei einer Bodenwelle das Gleichgewicht verloren und war von der Ladefläche gekippt? Wenn ich nun zurückfuhr, würde ich den Typen wahrscheinlich direkt in die Arme laufen. Wenn ich es nicht tat, lag Jacs vielleicht irgendwo im Straßengraben und verblutete. Schon die Menge Blut auf der Ladefläche war nicht ohne.

Hau ab, egal was passiert, hatte er mir eingeschärft. Ich erinnerte mich daran, wie sehr er darauf gedrängt hatte.

Ich musste zurück, allerdings erledigte sich die Frage, als ich den Zündschlüssel drehte: Das Auto machte keinen Mucks mehr. Der Tank war leer. Darauf hatte ich bei meiner etwas übereilten Abfahrt nicht geschaut. Ich stieg wieder aus und schlug mit voller Wucht auf die Kühlerhaube.

»Autos sind eh scheiße«, hörte ich eine Stimme direkt hinter mir.

Ich drehte mich langsam um. Die Stimme hatte freundlich und sanft geklungen, aber meine Nerven hatten in den letzten Wochen einigermaßen gelitten. Es schien so, als ob ich mir in diesem Augenblick keine Sorgen machen musste, jedenfalls drohte mir niemand mit vorgehaltener Waffe. »Wenn du eine Mitfahrgelegenheit brauchst, steig auf«, bot mir eine Gestalt an. »Leiste guten Menschen Gesellschaft, und du wirst einer von ihnen werden.«

Die rauchige, tiefe Stimme sprach für einen Mann. Es sollte sich aber herausstellen, dass es eine Frau war, die da eine Petroleumlampe entzündete. Sie trug Klamotten wie ein alter Trapper aus einem Western-Park und die Mitfahrgelegenheit war tatsächlich ein Planwagen, wie ich ihn sonst nur aus Fernsehserien oder dem Kino kannte. Zwei Maultiere standen geduldig da.

»Aus, aus«, zischte ich.

Meinem Griff nach der Lampe kam die Frau zuvor. »Finger weg«, zischte sie zurück, ließ das Licht aber erlöschen. »Ist dir die Mafia auf den Fersen oder der Geheimdienst?«

Ich versuchte erst gar nicht, ihr zu erklären, wer es wirklich war.

»Ich vermute, du willst nicht in diesem Flammenmonster übernachten, nein?« Sie deutete auf den Pick-up. »Ich hätte noch ein Plätzchen frei«, wiederholte sie ihr Angebot.

Das Auto wollte ich loswerden. Vor allem wollte ich weg von diesem Ort. Ich nahm an und kletterte zu ihr auf den Bock.

Nach vielleicht einer Meile erreichten wir die nächste asphaltierte Straße mit einem Hinweisschild zur Interstate 29, die nach Omaha führte. Das war meine Richtung. Wir waren tatsächlich in der Nähe von Sioux City, in dieser Hinsicht hatte mir Lux immerhin die Wahrheit gesagt. Wenn ich richtig schätzte, waren es über hundertfünfzig Meilen bis nach Hause. Wir würden eine Ewigkeit brauchen, bis wir Waco erreichten.

»Mein Name ist Mary«, stellte die Trapperin sich vor. »Und mit wem habe ich das Vergnügen?«

Ich zögerte und sagte: »Jimmy.«

»Aha, Jimmy.« Sie grinste. Mir war klar, dass sie mir nicht glaubte. »Wir kommen bei der Dunkelheit nicht mehr weit. Drüben bei den Hügeln schlagen wir unser Lager auf.«

Der Mond war mittlerweile aufgegangen. Nicht weit entfernt zeichnete sich eine kleine Hügelkette ab. Etwas später stellte sich heraus, dass es einzelne Felsbrocken waren. Es sah so aus, als habe ein Titan ein paar gigantische Steine in die Landschaft gepfeffert.

Im Schatten eines dieser Felsen stoppte Mary. Ob ich jetzt und hier ein Lager aufschlagen wollte, fragte sie nicht. Irgendwie war es mir sogar recht, sie einfach machen zu lassen. Sie stieg nach hinten in den Planwagen und klappte eine Lade aus. Keine fünf Minuten später stand ein Gaskocher bereit. Nach weiteren fünf Minuten köchelte darauf eine Suppe, die bald würzig duftete.

»Kleine Stärkung gefällig?«, fragte Mary. »Oder darfst du noch kein Bier trinken?«

Sie entschied, dass ich es durfte. Es schmeckte mir nicht, aber ich hatte Durst.

»So, Jimmy. Wenn ich nicht meinen Schlaf bekomme, werde ich sehr, sehr unleidlich.« Sie holte zwei Isomatten und zwei Schlafsäcke aus dem Wagen. »Über deine Sorgen reden wir morgen.«

Sie kramte noch eine kleine Taschenlampe hervor und drückte sie mir in die Hand. »Falls du in der Nacht mal musst.«

Anschließend schnarchte sie so laut, dass ich mir keine Gedanken machen musste, ob die Kojoten, die ebenfalls die halbe Nacht jaulten, uns anfressen würden.

Ich bekam sowieso kein Auge zu. In meinem Kopf ratterten die Gedanken wild durcheinander. Irgendwann nahm ich die Taschenlampe und begann, in ihrem Schein in dem Schulheft zu blättern. Wirklich schlau wurde ich daraus nicht.

Viele Einträge bestanden nur aus Zahlenkolonnen und mathematischen Gleichungen. Bei anderen schien es sich um chemische Formeln zu handeln. Sicher war ich mir allerdings nicht, ich war schon immer eine ziemliche Null in Mathe.

Ich fragte mich, zu wem diese winzige, aber sehr saubere Schrift gehörte. Wer hatte das geschrieben? Dieser Professor Mockbridge? Eigentlich wirkte die Schrift eher wie die einer Frau. Ganz hinten auf der Innenseite des Umschlags fand ich einen Namen: Miranda Bates. Mehr war über die Schreiberin nicht herauszufinden.

Mir brannten im Licht der Taschenlampe schnell die Augen.

Einige der Eintragungen bestätigten, was Lux mir erzählt hatte. Aber war das der Beweis, dass Lux die Wahrheit sagte? Das Material stammte von ihr. Vielleicht hatte sie es selbst gefälscht. Andererseits: Warum sollte sie das tun? Immer dann, wenn die Schreiberin der Zeilen von Bedenken gequält wurde, hatte sie mehrere Seiten gefüllt. Davon gab es einige.

Wir verstoßen gegen alle ethischen Maßstäbe, die man an ein Forschungsprojekt legen könnte, stand dort oder: *Wenn herauskommt, dass wir mit ungeborenem Leben experimentieren, landen wir alle im Knast oder zumindest auf der Straße. Das scheint L. M. aber nicht die Bohne zu stören.*

Ein paar Seiten weiter jubelte diese Miranda über einen Erfolg: *Die geklonten Embryonen wachsen, wir haben das Genom entschlüsselt. Einige sind absolut vielversprechend. Der Chef hat recht behalten. Die genetische Veränderung liegt auf den Chromosomen, die die erbliche Alzheimer-Krankheit verursachen.*

Wieder einige Tage später war die gute Stimmung verflogen. *Eine Katastrophe! Eine Gruppe von Aktivisten ist in das Labor eingebrochen und hat Feuer gelegt. Viele Proben sind zerstört, ein großer Teil der Daten auch, und was am schlimmsten ist: Mein Kollege Sam ist bei dem Brand ums Leben gekommen. Alle sind am Ende.*

Ich war nun auch am Ende oder besser gesagt: Mir fielen endlich die Augen zu und die Taschenlampe aus der Hand. Als die Sonne den Himmel orangerot färbte, wachte ich auf. Der Platz neben mir war leer.

Jemand klapperte mit Blechgeschirr herum. Ein leiser Windhauch wehte den Duft von frisch gebrühtem Kaffee zu mir herüber.

»Wird aber auch Zeit«, begrüßte Mary mich. »Milch habe ich keine, aber Zucker kannst du haben.« Sie reichte mir eine Tasse mit abgeschlagenem Henkel.

Im Hellen konnte ich mir die Frau genauer anschauen. Sie musste viel älter sein, als ihre flinke und kraftvolle Art vermuten ließ. Millionen kleiner und kleinster Fältchen zogen sich durch ihr Gesicht und ihre Hände waren übersät von Altersflecken, die Finger bogen sich zu Krallen.

»Also, nun zu deinen Sorgen. Anschließend kann ich dann aus dem Kaffeesatz lesen, ob sie berechtigt sind.«

Sie sagte das mit einem solchen Ernst, dass ich sie einen Augenblick zu lang anstarrte. Ihr Gelächter schallte durch den Morgen.

»Ich weiß, was die Leute von mir denken, aber nein, ich habe keinen an der Klatsche. Seit dem Tod meines dritten Mannes vor dreißig Jahren liebe ich einfach die Freiheit. Aber jetzt will ich wissen, was dir passiert ist. Du siehst mies aus, hast keine Schuhe und in deinem Auto waren Einschusslöcher. Glaube nicht, dass ich die übersehen hätte. Wenn es überhaupt dein Auto war. Und jetzt leg endlich los, wir haben nicht ewig Zeit.«

»Kann ich noch einen Kaffee haben?«, habe ich gefragt und dann genau wie hier alles erzählt, ein bisschen kürzer vielleicht. Aber ich habe nichts Wichtiges ausgelassen. Vielleicht, weil ich das Gefühl hatte, dass ich diese Mary wohl nie wiedersehen würde. Und weil sie doch ein wenig verrückt wirkte. Verrückte Leute sind für verrückte Geschichten die richtigen Zuhörer. Zum Schluss zeigte ich ihr das Schulheft, das ich bei meiner Flucht hatte mitgehen lassen.

»Das hast du die halbe Nacht gelesen und meine Batterien dabei verbraucht«, sagte sie. »Du bist also der einzige Mensch auf der Welt, der eine genetische Veränderung hat, die vielleicht die restlichen Milliarden retten kann. Irgendwann in der Zukunft. Aha.« Dann schwieg sie ziemlich lange und ich störte sie dabei nicht. Irgendwie hatte das »Aha« so geklungen, als käme noch etwas.

»Aha«, wiederholte Mary nach mindestens zwei oder vielleicht sogar drei Minuten. »Töte den Torwart und dann rette die Welt? Das haben sie gesagt?«

»Jepp«, antwortete ich. Ich erwartete, dass sie mir einen Vogel zeigte. Und vielleicht noch die Empfehlung gab, mich möglichst bald einmal bei der Schulpsychologin zu melden.

»Um ehrlich zu sein, klingt das nach einem blöden Spruch, mit dem sie sich über dich lustig machen wollen. Aber nun mal ernsthaft: Kennst du dich mit Physik und Albert Einstein und der Relativitätstheorie aus?«

Ich muss sie wohl wie ein Ochse angestarrt haben.

»Ich sehe schon, die Antwort ist Nein. Also, eigentlich gehen die meisten Physiker davon aus, dass rein technisch gesehen Reisen in die Zukunft zwar möglich sind, Reisen in die Vergangenheit jedoch nicht. Sie meinen, dass das Universum rotierten muss. Dann kann ein Objekt in seine eigene Vergangenheit zurückkehren. Es hat alles mit Wurmlöchern und schwarze Löchern und einer bestimmten Art von Materie zu tun, die es nicht in ausreichender Menge gibt. Also, genau weiß es bis heute keiner. Sobald dir in dieser gottverlassenen Gegend ein Smartphone über den Weg läuft, gib mal Kurt Gödel und Albert Einstein ein.«

Ich schaute sie überrascht an. Ich kapierte zwar nicht, was sie mir da erzählte, aber es klang irgendwie, als sei sie sich ihrer Sache einigermaßen sicher.

»Jetzt hilf mir beim Einpacken.«

Wir räumten alles zusammen und ein paar Minuten später fuhren wir der Sonne entgegen, die immer noch tief stand, und erreichten eine halbe Stunde später einen Ort, der nicht einmal ein Schild mit seinem Namen hatte.

Aber es gab eine Bushaltestelle.

»Ich muss Richtung Norden. Unsere Wege trennen sich.« Sie kramte in einem Brustbeutel und fischte ein paar Dollarscheine heraus. »Nimm das, mit fünfzig Dollar solltest du es runter nach York County schaffen.«

»Das kann ich nicht annehmen«, wehrte ich das Geld ab.

»Zick nicht rum, natürlich kannst du das. An einem Fünfziger soll es nicht scheitern, dass du vielleicht die Welt retten kannst. Das würde ich mir nie verzeihen. Ich kann dir nur eins sagen: Ich hätte sofort mitgemacht, aber okay – ich werde bald achtzig, ich muss mich vor nichts mehr fürchten. Ich sag dir was: Furcht verwirrt unsere Sinne und macht, dass uns die Dinge anders erscheinen, als sie sind. Denk dran!« Sie zwinkerte mir zu, nahm die Zügel auf und winkte mir im Wegfahren noch mal zu.

»Viel Glück!«, rief sie und rumpelte mir ihren Maultieren und ihrem Planwagen davon.

Ich sage dir, für einen Augenblick dachte ich, ich hätte von dieser schrulligen Alten nur geträumt.

Als sie schon fast außer Sichtweite war, kam der Bus. Ich faltete die Geldscheine auseinander, um beim Fahrer ein Ticket zu kaufen.

»Wie weit fahren Sie?«, fragte ich.

Er hatte offenbar ziemlich schlechte Laune und deutete nur wortlos auf ein Schild, das auf der Ablage vor ihm klemmte. *Fremont Municipal Airport* stand darauf. Dort musste es einen Anschluss nach Lincoln geben, nach Waco waren es dann noch knapp fünfzig Meilen. Ich kaufte ein Ticket. Der Fahrer musterte mich mit mürrischer Miene von Kopf bis Fuß. Als er bei meinen nackten Füßen ankam, schüttelte er den Kopf. »Rauchen verboten und auch ohne Schuhe: keine Füße auf die Sitze. Getränke hinten in der Kühlbox, alles zwei Dollar die Dose außer dem Whiskey, aber den kriegst du eh nicht, sonst kotzt du mir nur die Sitze voll.«

Ich setzte mich weit nach hinten. Außer mir waren nur eine Frau mit zwei vollgepackten Plastiktüten und ein Mädchen in meinem Alter im Bus. Das Mädchen trug einen fetten Kopfhörer über den Ohren. Ihre Knie stützte sie an die Lehne des Sitzes vor ihr, die Stirn hatte sie ans Fenster gelehnt.

Die Klimaanlage kühlte das Innere des Busses herunter. Ich streckte die Beine aus. Meine Zehen umwehte der kühle Strom der Lüftung. Nach ein paar Meilen döste ich ein, schreckte aber beim nächsten Stopp des Busses schon wieder mit trockenem Mund hoch. Ich holte mir eine Coke aus der Kühltasche und kramte in meiner Hosentasche nach den zwei Dollar dafür.

Dabei fiel mir das kleine Ding, das Jacs mir vor dem Hangar zugeworfen hat, in die Finger. Ich hatte es ganz vergessen.

»Wird's heute noch was mit dem Geld?«, blaffte der Fahrer.

Ich legte ihm die beiden Scheine hin und setzte mich wieder.

Die Coke zischte beim Öffnen und schmeckte so gut wie die allererste Coke im Leben. Als ich das Ding von Jacs nach einigem Herumfummeln mit einem leichten Druck auf beide Enden öffnen konnte, lagen darin diese Kapseln, eine blau, eine rot. Ich nahm die blaue, den Mover, der mich angeblich in die Zukunft brachte, in die Hand. Ich drehte und wendete die Kapsel, schüttelte sie am Ohr, um zu hören, ob etwas darin war, drückte genau wie bei der Umhüllung auf die Enden – nichts. Sie lag einfach kühl und schwer in meiner Hand.

»Der ganz neue heiße Scheiß, um dich abzuschießen?«, fragte jemand.

Ich zuckte zusammen, schaute nach oben. Vor Schreck fiel mir die Kapsel aus der Hand.

Das Mädchen mit dem Kopfhörer, den sie jetzt abgestreift hatte, beugte sich über die Lehne des Vordersitzes. »Hoppla«, sagte sie.

Einen Wimpernschlag später trafen wir uns unter den Sitzen auf der Suche nach der Kapsel.

»Da ist sie«, hörte ich sie rufen. Sie war bereits auf dem

Bauch zwei Sitzreihen nach vorne gerobbt. Die Frau mit den Einkaufstüten beschimpfte sie und der Busfahrer plärrte durch das Mikrofon, dass er uns an der nächsten Haltestelle rauswerfen würde, wenn wir keine Ruhe gäben. Mit einem tiefen Seufzer ließ sich das Mädchen auf meinen Platz fallen.

Ich setzte mich neben sie.

Sie begutachtete die Kapsel.

»Gib das her«, sagte ich.

Sie ignorierte es.

»Mach schon, ich brauche das. Das ist ein ... ein Medikament.«

»Ach, ein Medikament? Was denn für eins?«

»Ein Antibiotikum. Verdammt, jetzt gib es her.« Ich versuchte, mir die Kapsel zu schnappen, aber sie reagierte schneller und schloss die Hand zu einer Faust.

»Wogegen?«

»Bakterien. Wie alle Antibiotika. Zahnentzündung.«

»Wusstest du, dass wir viel zu viele Antibiotika schlucken? Irgendwann sind wir gegen alles resistent und dann ist es aus. Dann übernehmen andere die Weltherrschaft. Mit dem bloßen Auge nicht zu sehen. Machen uns aber platt, schlimmer als eine Atombombe. Verrückt, oder?« Sie betrachtete die Kapsel noch einmal, wendete sie vor dem Auge, wie ich es zuvor auch getan hatte. Dann öffnete sie den Mund.

»Wenn jemand hier verrückt ist, bist du das«, rief ich aus und handelte mir die nächste Ermahnung des Busfahrers ein. »Wehe, du schluckst das.«

Sie wehrte mich mit einer Hand ab. Wenn ich mir das Ding mit Gewalt zurückholte, standen wir auf der Stelle auf der Straße.

Die Kapsel steckte nun zwischen ihren Zähnen.

»Ischt keine Pille«, nuschelte sie und spuckte die Kapsel wieder in die Hand. »Pillen sind nicht aus Metall. Spendiere mir eine Coke und du kriegst sie zurück. Ich heiße übrigens Jenny, damit du weißt, wem du einen ausgibst.«

Also stolperte ich durch den Mittelgang zur Kühlbox, zahlte beim Fahrer und stolperte zurück. Dabei ließ ich diese Jenny keine Sekunde aus den Augen.

Ich gab ihr die Coke.

Natürlich bekam ich die Kapsel nicht zurück.

Die Dose zischte beim Öffnen.

Ich weiß nicht, ob die vergangenen Stunden oder Tage mich schon so verändert hatten. Ich spürte jedoch ganz klar und deutlich, dass ich mittlerweile zu fast allem bereit war.

Das hat sich bis heute auch nicht mehr geändert. Ich weiß überhaupt nicht, warum ausgerechnet diese Jenny das in mir ausgelöst hat. Ich bin eigentlich ein wirklich friedlicher Typ, das kannst du mir glauben.

»Du stirbst, wenn du sie nimmst. Du erstickst!«, sagte ich.

»No risk, no fun«, sagte sie.

Ich sah, wie Jenny die Kapsel hochwarf und den Mund weit öffnete. Als sie die Kapsel auffing und das kleine Ding zwischen ihren Lippen verschwand, hätte ich ihr am liebsten eine gescheuert, so richtig. Bam. Dass ihr Kopf gegen die Scheibe donnert und sie das Teil wieder ausspucken muss oder es ihr quer im Hals stecken bleibt.

Ich glaube, ich sollte eine Pause machen. Das Band ist sowieso gleich voll, ich muss ein neues einlegen. Das letzte von den sieben. Danach muss ich herausfinden, wie man diese dusseligen Vogelstimmen überspielt oder löscht.

Okay, folks! Ich hole Holz rein, schaue nach, was Kylie noch an Vorräten hat, und esse etwas und dann –

Federal Bureau of Investigation (FBI)
Außenstelle Omaha

4411 South 121st Court
Omaha, NE 68137-2112
Nebraska | USA

Montag, 29. August 2022 | 04:25 Uhr

Seit dem Anruf waren kaum zehn Minuten vergangen, aber Rosalind stand schon vor der Zellentür. Sie sah aus, als hätte sie in ihren Klamotten geschlafen – und genauso war es auch. Rosalind hatte am späten Abend das Feldbett in ihrem Büro aufgebaut. Es stand sonst zusammengeklappt hinter dem Schrank, in dem die Akten von ungelösten Fällen lauerten.

Wenn sie in einer dringenden Ermittlung steckte und die Dienstschicht kein Ende nehmen wollte, ersparte sie sich die Fahrt nach Hause. Heute hatte Rosalind aber nicht einmal die Ersatz-Bluse übergezogen, die für solche Fälle im Schrank lag. Nach dem Anruf aus dem Kellergeschoss war sie wie elektrisiert aufgesprungen.

Sie wurde bereits vom diensthabenden Sergeanten erwartet. Makeda Tulu wechselte hektisch ein Schlüsselbund von einer Hand in die andere.

Rosalind mochte die Frau.

Sie hatte den weiten Weg von Äthiopien bis nach Nebraska im wahrsten Sinne des Wortes zu einem großen Teil zu Fuß zurückgelegt. Makedas Personalakte war lupenrein. Vermerke gab es nur in Form von Belobigungen, Auszeichnungen und Beförderungen. Jetzt wirkte Makeda, als warte sie auf den Gang zum Galgen.

Rosalind stopfte sich einen Zipfel der zerknitterten Bluse in die Hose. »Ach Gott«, murmelte sie.

Makeda bezog den Stoßseufzer auf sich. »Agent Casey, es ist mir unerklärlich, wie das passieren konnte.«

Rosalind legte eine Hand auf die Schulter der aufgelösten Frau. »Wir hatten uns doch für Rosalind und Makeda entschieden.«

»Rosalind, es kann nicht sein, dass – «

Rosalind trat an ihr vorbei durch die offen stehende Tür der Zelle. Der fensterlose Raum lag im zweiten Untergeschoss. Karg und funktional, blitzsauber. Im vorigen Jahr hatte die Zentrale des FBI ausreichend Geld lockergemacht, um alles zu renovieren und neu einzurichten. Inklusive neuer Sicherheitstechnik. Kameras, Infrarot, ein Schließsystem, das in der ganzen Welt seinesgleichen suchte.

Drei Minuten vor vier Uhr nachts war der Alarm ausgelöst worden. Zwei Minuten später hatte Makeda Tulu den Schlüssel ins Schloss der Zelle gesteckt, und keine weitere Minute hatte es gebraucht, um die Routine 4B-21 auszulösen. Das bedeutete, dass das ganze Gebäude komplett abgeriegelt war. Peter Gionelli stand wahrscheinlich draußen vor der Tür und fluchte.

»Rosalind, Sie können alle Protokolle überprüfen. Jeder Schritt ist vollständig dokumentiert, alle Vorschriften für

Fälle der höchsten Sicherheitsstufe wurden eingehalten. Die stündlichen Lebendkontrollen, alles. Ich habe ihn um drei Uhr gesehen. Er schlief und lebte. Ich war schon auf dem Weg für die nächste Überprüfung der Zelle um vier Uhr.« Rosalind konnte sich ein Schmunzeln nicht verkneifen. »Nun ja, leben wird er wohl noch. Nur nicht mehr in seiner Zelle.«

Denn der knapp drei mal vier Meter große Raum war leer. Boston Coleman war verschwunden.

»Er muss noch irgendwo im Gebäude sein«, sagte Makeda Tulu mit fester Stimme.

Alleine um aus dem Zellentrakt zu entkommen, musste ein Gefangener vier Sicherheitsschleusen überwinden. Für eine Nebenstelle wie Omaha war das alles komplett überdimensioniert, aber das in Rosalinds Augen übersteigerte Sicherheitsbedürfnis nach dem Anschlag auf das World Trade Center kannte kaum Grenzen. Egal, welche Partei sich gerade im Weißen Haus breitmachte.

»Es muss ihm jemand geholfen haben«, sagte Rosalind leise. Sie hatte eher mit sich selbst gesprochen und fügte schnell hinzu: »Nein, Makeda, nicht Sie. Ich verdächtige Sie nicht. Jedenfalls nicht mehr als jeden anderen, der Zugang zu diesem Gebäude und eine entsprechende Sicherheitsfreigabe hat. Dazu gehöre ich genauso.«

Das stimmte nicht ganz. Für das Wachpersonal des recht überschaubaren Zellentrakts galten eigene Sicherheitsprotokolle. Rosalind konnte keinesfalls einfach nach unten stiefeln, um einem Verdächtigen eine gute Nacht zu wünschen.

»Makeda, beruhigen Sie sich. Bis das ganze Team auf der Matte steht, bleiben Sie hier. Lassen Sie mich raus in den B-Trakt. Ich kümmere mich draußen um alles.«

Gute vier Stunden später war Boston Coleman immer noch verschwunden. Die Außenstelle Omaha war einmal auf links gedreht worden. Es gab keine Spur von dem Vierzehnjährigen.

Rosalind saß mit ihrem Kollegen, der Staatsanwältin und Richie in der Überwachungszentrale. Nach der Durchsuchung des Gebäudes halfen wohl nun nur noch die Videoüberwachungen sämtlicher Bereiche weiter.

Wenn sie ehrlich war, traute Rosalind diesen flimmernden Bildern längst nicht mehr. Digitale Bilder manipulieren konnte mittlerweile fast jeder Schüler.

»Sergeant Tulu hat ihn noch um drei Uhr gesehen. Der Alarm wurde eine knappe Stunde später ausgelöst. Die erste Durchsuchung des Gebäudes war um kurz vor sechs Uhr abgeschlossen«, sagte Peter Gionelli. »Der Zeitraum, um den es geht, ist also überschaubar. Ungefähr zwei Stunden, und die haben wir im Schnelldurchlauf gecheckt. Im Moment sitzen vier Leute daran, alles noch einmal anzuschauen.«

»Er kann sich doch nicht in Luft aufgelöst haben«, sagte Viola Travis. Die aufkeimende Ungeduld war deutlich in der Stimme der Staatsanwältin zu hören.

»Scheinbar doch. Schau dir die Minute von 03:56:30 bis 03:57:20 an«, antwortete Gionelli. »Richie, bitte!«

Rosalind hatte sich den Ausschnitt bereits mindestens zehnmal abspielen lassen. Schweigend schaute sie nun erneut zu.

»Das kann nicht sein«, sagte die Staatsanwältin nach der knappen Minute. »Das ist unmöglich, da hat jemand etwas rausgeschnitten.«

Gionelli schaute Richie an. »Hat da jemand etwas rausgeschnitten?«

»Hm, man schneidet heutzutage ja nichts mehr. Das ist ja kein Band, sondern nur noch –«

»Daten, ja, klar, und die werden gelöscht«, ging Rosalind dazwischen, bevor Richie einen seiner langatmigen technischen Vorträge halten konnte.

»Richtig, Ma'm«, sagte Richie. »Eine Möglichkeit wäre, dass wir gehackt worden sind. Also, genau genommen ist es keine Möglichkeit, weil ich mich schon voriges Jahr um die Firewall gekümmert habe. In einem anderen Field Office wäre das vielleicht möglich, aber nicht bei uns und nicht in Buffalo und in Knoxville.«

»Warum nicht?«, fragte die Staatsanwältin.

»Weil dort Kumpels von mir sitzen und wir haben da gemeinsam dran geschraubt.«

»Ist das erlaubt?«

»Nö.« Richie zwinkerte verschmitzt. »Aber einhunderteinundzwanzig Prozent sicher, während die Standardsysteme gerade eben auf siebenundneunzig Prozent kommen. Und drei Prozent Löcher im Rohr sind für echt gute Hacker mehr als ausreichend. Trotzdem habe ich alles noch einmal quasi von Hand gecheckt. Unser System ist sauber. Es war niemand von außen drin.«

»Abgesehen davon, dass er dann auch noch all die Sicherheitsschleusen überwinden müsste«, sagte Gionelli.

»Die da oben waren immerhin so schlau, dass weiterhin alle Türen zusätzlich mit einem guten altmodischen Schlüssel aus bestem amerikanischem Stahl geöffnet werden müssen.«

»Er taucht sowieso auf keiner weiteren Aufnahme auf. Nicht im Flur vor der Zelle, nicht in der Schleuse unten, nicht in der oben und auch nicht in den Verwaltungsbereichen«, sagte Richie.

Stille breitete sich aus, die nach ein paar Augenblicken von einem Klopfen unterbrochen wurde. Jemand öffnete die Tür und streckte den Kopf herein.

»Störe ich?« Es war der Zahnstocher-Typ, dessen Namen sich Rosalind noch immer nicht gemerkt hatte.

Die Staatsanwältin, Gionelli und Richie nutzten die Gelegenheit, um sich zu verdrücken.

»Haben wir Nachrichten aus Waco und York, Agent ... äh ...?«

»Wells, Ma'm«, sagte der Kollege. »David Wells. Die Schule und das Haus der Colemans werden jetzt sehr diskret überwacht. Die Kollegen wurden abgezogen und durch Drohnen ersetzt.«

»Gut, danke, Agent Wells.«

»Sonst noch etwas? Sie sehen nach Koffeinmangel aus.« Wells grinste. »Ich würde sogar rüber zu *Christie's Coffee* gehen.«

Er ist vielleicht doch ganz in Ordnung, dachte Rosalind und bestellte sich einen Latte macchiato mit einem Extraschuss Espresso.

Rosalind erweckte ihren Computer mit einem missmutigen Schlag auf die Tastatur zum Leben. Ihr Passwort für den Zugang zum internen Netzwerk des FBI wurde abgefragt. Rosalind tippte es ein.

»Auch ein blindes Huhn findet mal ein Korn, aber es ist hilfreich, wenn man im Hühnerstall sucht«, murmelte sie und dachte: Wenn man weiß, wo der Hühnerstall ist. Ich weiß nichts.

»Nichts, nichts, nichts! Verdammt!«, fluchte sie und hämmerte nun richtig wütend in die Tasten.

»Hoppla«, hörte sie hinter sich eine Stimme. »Das sind sensible elektronische Geräte. Die mögen keine Misshandlungen.« Es war Richie.

»Wir haben nicht alle so ein Liebesverhältnis zu unserem Computer«, sagte Rosalind und sie mussten beide lachen. »Ich komme hier nicht weiter. Dieser Boston Coleman lässt sich einfach nicht fassen. Gerade glaubst du noch, du hättest ihn und diesen Fall im Griff, da stellt er dir schon wieder ein Bein und ...« Sie suchte nach Worten und gab entnervt auf. »Wer, zum Teufel, ist Boston Coleman?«

»Ich dachte, die Frage sei eher: Wo ist Boston Coleman?«, sagte Richie.

»Ja, das stimmt«, seufzte Rosalind.

»Das Einfachste ist immer noch, ihn zu googeln.«

»Richie, das meinst du nicht ernst.«

»Doch, das meine ich. Hast du es schon versucht? Für Google arbeiten die besten Köpfe. Die beschäftigen sich nonstop nur damit, die Algorithmen für Suchanfragen so zu optimieren, dass wirklich jeder alles findet. Auch deinen Boston Coleman. Also gib es schon ein: Wo ist Boston Coleman?«

Rosalind tippte die Suche ein. Dann korrigierte sie sich. Das ›Wo‹ ersetzte sie durch ›Wer‹ und schlug auf die Return-Taste. In Sekundenschnelle waren die Ergebnisse da, aber schon bei der ersten Durchsicht war klar, dass es keine neuen Erkenntnisse auf diesem Weg zu finden gab. Einträge über die aktuellen Vorfälle, Presseberichte, dann ein Artikel über die Verleihung des Eagle Star, noch weiter unten fand die Eröffnung des Coffeeshops von Liz und Archie Coleman Erwähnung.

»Klappt nicht immer«, sagte Richie. »Und ganz so einfach ist es auch nicht. Gib verschiedene Schlagworte ein. Dabei musst du kreativ sein. Was fällt dir spontan ein? Was ist am spannendsten oder ungewöhnlichsten im Zusammenhang mit diesem Jungen und seinem Verschwinden?«

Rosalind versuchte es mit einer ganzen Reihe von Begriffen, Adjektiven und Fragen. Nichts.

Sie schaute Richie enttäuscht an. »Okay, dann gehen wir in eine speziellere Suchmaschine«, sagte dieser. »Kennst du *Akte X*?«

Sie schüttelte den Kopf.

»Das glaube ich nicht! Du arbeitest beim FBI und kennst *Akte X – Die unheimlichen Fälle des FBI* nicht? Die totale Kultserie aus den 1990er-Jahren. Es geht um paranormale Erscheinungen, Mystery und so etwas in FBI-Fällen.«

»Richie, du bist ein liebenswerter Nerd, aber ein Nerd. Das hier ist keine Fernsehserie, sondern ein verdammt echter Fall.«

»Agent Scully, das ist mir bewusst.«

»Wer ist Agent Scully?«

»Die sehr coole Ermittlerin aus der Serie.« Richie lachte, schob Rosalind zur Seite und loggte sich mit seinem Passwort auf Rosalinds Computer ein. Erst auf den zweiten Blick erkannte Rosalind, dass er nicht das FBI-Netzwerk nutzte.

»Ist das legal, was du da machst.«

»Crazy, aber legal. Nur nicht ganz den FBI-Regeln entsprechend, denn nach denen wird der Zugang zu solchen Portalen gesperrt.«

Eine Melodie, die Rosalind schon einmal gehört hatte, ertönte, als sich die Startseite einer Homepage öffnete. Auf dem Bildschirm erschienen ein paar Buchstaben, die sich zu *Akte X* formten. Das X war von einem roten Kreis umrahmt. Kurz darauf verdrängten zwei Gesichter den Schriftzug.

»Darf ich vorstellen: Dana Scully und Fox Mulder.« Richie war voll in seinem Element.

Jemand schob die Tür auf. David Wells balancierte den Kaffee und eine Schachtel Donuts herein. »Hey, *Akte X*. Ich liebe die Föhnfrisur von Agent Scully.« Nachdem er das Tablett abgestellt hatte, klatschte er Richie ab. »Ist das eine Fan-Seite?«

»Nicht wirklich«, antwortete Richie. »Hier sammeln Nerds wie ich seit Jahren Fälle, die etwas für Scully und Mulder sein könnten. Ungelöste Verbrechen, sonderbare Ereignisse, alles immer mit einem ganz bestimmten Schlagwort versehen.«

»Mit welchem?«, fragte Rosalind. Der kindliche Eifer ihrer beiden jungen Mitarbeiter machte ihr langsam Spaß. Wie aus einem Mund präsentierten Wells und Richie das Wort: »Mysteriös!« Dabei zogen sie das ›ö‹ in die Länge und klatschten sich wieder ab.

»Viel Erfolg bei der Suche«, sagte Richie. Er räumte den Platz, schnappte sich einen Donut mit hellblauer Zuckerglasur und verabschiedete sich gemeinsam mit David Wells.

Rosalind versprach sich nichts davon, aber sie tippte trotzdem den Namen Boston Coleman in das Suchfeld. Nachdem sie auf die Lupe geklickt hatte, die den Suchvorgang startete, biss sie in einen Zimt-Donut. Die Suche dauerte etwas länger als üblicherweise. Beim Betrachten der Ergebnisliste verschluckte sie sich an dem Gebäckstück. *»Junge, schwarze Hautfarbe, circa vierzehn Jahre, verschwunden«*, las Rosalind in dem Eintrag, den sie geöffnet hatte. Ein Lokalblatt in Vermont. Sie klickte ein paar Links weiter, insgesamt dreimal wurde sie fündig, allerdings hätte sie ein zahlungspflichtiges Abo abschließen müssen, um mehr als die ersten fünf Zeilen zu lesen. Sie griff nach dem Telefon. »Wells, können Sie noch einmal zu mir kommen?«

»Identity X – Dem Täter auf der Spur?«, fragte er und pfiff die Erkennungsmelodie der TV-Serie in den Hörer.

»Keine Zeit für Witze«, sagte Rosalind. »Sie müssen etwas für mich besorgen.«

VI.

Tonbandprotokoll

Asservaten-Nr.:   KxCV|24-111v
Aufnahmegerät: Revox A77 MkIV
                      (Baujahr 1978)
Transkription: Serena Eastwood (se)

Neues Band, letztes Band. Aber so wahnsinnig viel habe ich auch nicht mehr zu erzählen. Jenny hatte die Kapsel nicht geschluckt.

Sie lag unter ihrer Zunge, und als der Bus plötzlich bremste und sie gegen mich warf, hielt sie meinen Kopf fest und gab mir einen Kuss. Ich spürte, wie sie mir die Kapsel in den Mund schob.

»Ich will dein Dope nicht«, sagte sie.

Ich spuckte die Kapsel blitzschnell in meine Hand und ließ sie ebenso schnell in der Hosentasche verschwinden.

Während der restlichen Fahrt erzählte sie mir von allen möglichen Leuten, die ihr auf die Nerven gingen. Leider checkte sie überhaupt nicht, dass sie selbst am meisten nervte.

In Fremont am Flughafen verabschiedeten wir uns. Es wurde höchste Zeit, dass ich mich bei meinen Eltern meldete. Andererseits konnte es sein, dass sie mich gar nicht vermissten. Asher hatte sich schließlich bei mir zu Hause eingenistet. Konnte es sein, dass Mom und Pa nichts gemerkt hatten? Die Ähnlichkeit war vollkommen. Aber wie würden sie dann reagieren, wenn vielleicht der falsche Boston gerade am Tresen im Coffeeshop saß und jemand anrief, der behauptete, ihr richtiger Sohn zu sein?

Ich ließ das mit dem Anruf also bleiben und nahm den nächsten Bus Richtung Lincoln. Dort kannte ich mich einigermaßen aus, weil ich Pa ein paarmal in die Stadt begleitet hatte, um für den Coffeeshop einzukaufen. Außerdem war voriges Jahr Clive Moore dorthin gezogen und Clive besaß etwas, das ich für den Rest der Strecke brauchen konnte. Wir waren nicht besonders gut befreundet, aber er schuldete mir noch einen Gefallen.

Ich hatte Glück und traf ihn zu Hause an. Er polierte vor der Garage an genau dem herum, auf das ich es abgesehen hatte: seinen Honda-Metropolitan-Motorroller, Baujahr 2002.

»Digga, was ist mit deinen Füßen passiert?«, fragte er als Erstes. »Hat dir einer die Latschen geklaut?«

Ich redete nicht lange um den heißen Brei. »Ich brauche deinen Scooter. Du kriegst ihn garantiert zurück«, hängte ich dran, und bevor er mir mit irgendwelchen Ausreden kommen konnte. »Also, frag nicht lang, gib mir einfach den Schlüssel.«

»Spinnst du, Alter, das geht nicht.«

»Ich will nur nach Hause damit.«

»Das sind fünfzig Meilen, die Klapperkiste hält so 'ne Strecke nicht mehr durch. Was ist los mit dir?«

»Das stimmt doch nicht, Clive. Ich brauche jetzt deine Hilfe. Du hast letztes Jahr gesagt, du würdest alles für mich tun. Du weißt, dass sie dich von der Schule geschmissen hätten, damals, bei der Sache mit dem Lösungsschlüssel, den du geklaut hast.«

»Aber doch nicht –« Er verstummte plötzlich. Er kaute auf der Unterlippe herum, schaute links und rechts die Straße entlang und zerrte mich in die Garage. »Muss dich ja nich' jeder sehen.«

»Was soll das?«, fragte ich.

»Boston, ich bin dir echt dankbar gewesen, aber du ziehst mich da in was rein. Weißte, ich hatte hier auch ein paarmal Probleme, mit Dope und so. Ich hab 'ne Bewährung. Wenn ich einem gesuchten Mörder helfe, lande ich selbst im Knast.«

»Du hast wohl gerade was geraucht?«, fragte ich. »Einem gesuchten Mörder?«

Ich glaube, dass ich schon da nicht mehr so richtig überzeugend geklungen habe, weil ich so eine böse Ahnung hatte, die Clive ein paar Minuten später bestätigte. Er befahl mir, in der hintersten Ecke der Garage zu bleiben, zog das Tor bis zur Hälfte herunter und verschwand im Haus. Ein paar Minuten vergingen, in denen meine Gedanken Karussell fuhren.

Ich überlegte, mir den fahrbaren Untersatz einfach zu schnappen. Ich lugte hinaus. Der Schlüssel steckte. Clive hatte nicht an dem Scooter herumgeschraubt, sondern war dabei gewesen, die Chromteile zu polieren. Die offene Flasche mit dem Putzmittel und ein Lappen lagen noch in der

Einfahrt. Die Kiste musste fahrbereit sein und war hoffentlich auch aufgetankt.

Leider hatte ich zu lange rumüberlegt oder vielleicht sollte ich sagen: Gott sei Dank. Clive kam nämlich in diesem Augenblick mit einer Zeitung zurück.

»Was hast du für 'n Scheiß gebaut?«, fragte er und hielt mir die Zeitung vor die Nase.

Mordverdächtiger entkommt auf spektakuläre Weise aus FBI-Gefängnis, schrie die Überschrift. Darunter ein Foto von mir. Oder besser gesagt: von Asher. Aber das nun Clive zu erklären, würde nicht viel bringen.

Sie hatten die Daumenschrauben also noch ein bisschen enger gedreht. Sie hatten gedroht, mein Leben völlig zu ruinieren, und sie waren konsequent. Es würde ihnen gelingen, danach sah es jedenfalls aus.

Mir wurde flau im Magen.

»Du musst mir helfen«, brachte ich mit trockenem Hals heraus und wusste zugleich, dass ich darauf nicht zählen konnte. Im Gegenteil. Ein Gedanke schlich sich aus weiter Ferne in mein Bewusstsein, und als ich merkte, dass es kein Gedanke, sondern ein Geräusch war, war es zu spät.

Zuerst ganz leise. Dann anschwellend. Das jaulende Signalhorn eines Polizeiautos.

»Du hast die Polizei gerufen?« Eine Antwort brauchte ich nicht. Es stand Clive auf die Stirn geschrieben. Ziemlich laut schrie ich ihn an: »Du mieses Arschloch.«

Ich raffte die Zeitung und rannte hinaus.

»Alter, das kannst du nicht machen«, rief Clive,

»Ich kann noch ganz andere Dinge. Wenn du ihnen sagst,

in welche Richtung ich gefahren bin oder dass ich deinen Scheiß-Scooter genommen habe, komme ich irgendwann wieder. Und dann bist du der Nächste, der dran glauben muss.«

Wenn ich das jetzt erzähle, könnte ich mich totlachen über diesen Spruch. Und dann bist du der Nächste, der dran glauben muss. So ein Unsinn, echt. Aber Clive ging davon aus, dass ich schon jemanden auf dem Gewissen hatte, und ich wusste, dass er ein Feigling ist.

»Gib dein Handy her«, blaffte ich. »Die PIN! Sofort!«

Er war so baff, dass er mir ohne Zögern seine PIN verriet.

Clives Helm hing am Lenker des Scooters. Die Maschine sprang sofort an. Irgendwie war es verdammt noch mal an der Zeit, dass ich ein kleines bisschen Glück hatte. Jetzt musste ich das Gerät nur noch im höchstmöglichen Tempo von hier wegbewegen. Das Geheul der Polizeiautos näherte sich und ich erinnerte mich plötzlich an eine Szene aus einem Film oder einer Serie oder einem Buch, ist auch egal.

Es ging um einen Typ, dessen Job es war, Fluchtautos zu fahren. Und dieser Typ haute nicht vor den Bullen ab, sondern fuhr ihnen entgegen. In aller Ruhe. Das war die beste Methode, die Aufmerksamkeit nicht auf sich zu ziehen. Genauso machte ich es. Leider konnte ich mich nicht mehr erinnern, ob es mit dieser Methode wirklich gut gegangen war, aber für solche Feinheiten hatte ich gerade keinen Kopf.

Ich sah die flackernden Blaulichter, bevor die Polizisten den Typen auf einer Honda Metropolitan wahrnehmen konnten, der ihnen unter Einhaltung aller Verkehrsregeln, mit dem Helm auf dem gesenkten Kopf entgegenkam. Sie rauschten einfach vorbei. Erst zwei Wagen, dann ein verspäteter dritter. Wow, sie hielten mich wohl wirklich für gefährlich.

Die Frage war, ob Clive dichthalten würde. Lincoln ist keine besonders große Stadt mit seinen knapp dreihunderttausend Einwohnern. Aber immerhin ist es die Hauptstadt des Bundestaates und hat sogar so etwas Ähnliches wie eine Skyline mit ein paar Hochhäusern. Es gibt genug Ecken, um für ein oder zwei Nächte unterzutauchen. Nach dem Bericht in der Zeitung zu urteilen, stand ich oder vielmehr Asher gerade ganz oben auf der Fahndungsliste der Polizeibehörden. Jede Highway Patrol hielt die Augen nach mir auf.

Ich bewegte mich Richtung Innenstadt, um mich im Getümmel eines Einkaufszentrums unsichtbar zu machen. Zuerst fuhr ich jedoch in eine kleine Nebenstraße und hielt an. In Clives Kontakten hatte ich schnell gefunden, was ich brauchte: Es gab nur eine Celia unter den gespeicherten Nummern. Ich betete, dass es die Celia war, mit der ich bis vor Kurzem jeden Tag zur Schule gefahren war und Mathe gelernt hatte.

Obwohl mir das Herz bis zum Hals schlug, musste ich an das Laplace-Experiment denken. Das ganze Lernen war umsonst gewesen. Wenn dieser Asher auch an meiner Stelle in die Schule gegangen war, hatte er den Test garantiert vermasselt.

Während es im Telefon tutete, erinnerte ich mich an Celias Erklärungen, ich hatte sie noch im Ohr: »Ein Laplace-Experiment ist ein Zufallsversuch, bei dem die Wahrscheinlichkeiten aller möglichen Ergebnisse gleich sind.« Ich fragte mich, wie viele mögliche Ergebnisse dieser Anruf haben konnte und ob sie tatsächlich alle gleich wahrscheinlich waren. Oder ob ich nicht längst zu hundert Prozent in der Tinte saß.

»Hallo?«, hörte ich Celias Stimme am anderen Ende.

»Ich muss dich sehen«, sagte ich und bekam erst einmal Schweigen als Antwort. »Ich bin's. Boston.«

»Boston ... ich ... ich habe dich erkannt«, stotterte sie. »Damit hatte ich nicht gerechnet. Was ist das für eine Nummer?«

»Ich stecke ganz schön in der Scheiße.«

»Das würde ich auch so nennen. Aus der Zelle zu verschwinden, war keine gute Idee. Das macht alles nur noch schlimmer. Wo bist du?«

Mich überkam ein ungutes Gefühl. Manchmal spürt man es einfach, wenn etwas nicht in Ordnung ist. Vielleicht verändert sich etwas, nur ein mikrokleines bisschen, in der Stimme oder so. Und Celia hatte bisher nicht einmal gefragt, wie es mir geht.

»Ich war in keiner Zelle, ich war gefangen, aber nicht beim FBI. Ach, verdammt, das ist kompliziert. Der Typ, den sie eingesperrt haben, wie soll ich es sagen – «

»Das bist nicht du gewesen. Ich habe es geahnt. Oder sogar gewusst. Er hat keine Narbe am Bauch.«

»Woher kennst du seinen Bauch?«, rutschte es mir heraus.

»Egal, ich habe es der Polizei jedenfalls gesagt, dieser Rosalind Casey. Ich glaube, sie hat gedacht, ich spinne. Oder ich will dir irgendwie helfen und denke mir so etwas Beklopptes aus. Aber es stimmt?«

»Ja, es stimmt.«

Ich kann mich noch gut erinnern, was für ein riesiger Stein mir in diesem Moment vom Herzen fiel. Celia war die erste Person, die mich nicht für völlig durchgedreht halten würde, wenn ich erzählte, was abging.

»Haben meine Eltern eine Ahnung, was wirklich los ist?«

»Ich glaube nicht. Sie sind ziemlich verzweifelt. Aber du kannst nicht zu ihnen. Es stehen dauernd Leute vom FBI vor der Tür und folgen ihnen auf Schritt und Tritt.«

»Ich muss sie sehen!«

»Das ist keine gute Idee. Dann kannst du dich gleich der Polizei stellen. Und das solltest du vielleicht auch.«

»Shit, verdammter.«

Ich hatte keine Ahnung, wo ich hinsollte.

»Oh, nein«, stöhnte Celia.

»Was ist los?«

»Wir müssen auflegen. Sie stehen vor der Tür.«

»Wie können sie wissen – «

»Wahrscheinlich hören sie mich auch ab.«

Ich hörte, dass im Hintergrund jemand an der Tür klingelte und fast augenblicklich dazu aufforderte zu öffnen.

»Ach, Boston, ich wünschte mir, dass wir uns bald wiedersehen könnten«, sagte Celia hastig. »Wie früher. Einfach nur selbst gebackene Maismehl-Kekse essen und Limonade aus eigener Herstellung trinken, und dann tanzen wir den Scarecrow-Clogging, bis uns der Wind wegweht.«

Danach unterbrach sie die Verbindung.

Was sollte das? Ich hatte noch nie mit ihr Maismehl-Kekse gegessen und ich bin so ziemlich der schlechteste Tänzer im gesamten Mittleren Westen. Das dachte ich im ersten Augenblick. Aber dann hatte ich eine Idee, was sie mir hatte sagen wollen.

Federal Bureau of Investigation (FBI)
Außenstelle Omaha

4411 South 121st Court
Omaha, NE 68137-2112
Nebraska | USA

Montag, 29. August 2022 | 17:30 Uhr

Kurz bevor Rosalind zu ihrem Termin beim Chef der Außenstelle aufbrechen wollte, rauschte David Wells in ihr Büro.

»Sorry, war gar nicht so einfach. Die in Vermont sind ziemlich relaxt, um nicht zu sagen, verschnarcht. Ich konnte es nicht einmal checken, ob es das ist, was Sie wollen.«

»Gut gemacht«, beruhigte Rosalind ihn. Sie schnappte sich die Aktenmappe und überflog den Inhalt. Archivexemplare von drei Zeitungsausgaben, die Wells ihr besorgt hatte.

Sie verstand noch nicht alles, und als sie auf das Datum der Ausgaben blickte, verstand sie noch weniger. Sie klappte die Mappe zu und schob sie unter ihre Schreibtischauflage. Damit würde sie sich nach dem Termin in der obersten Etage beschäftigen.

Das Gespräch mit Martin Rothko lief wie erwartet schlecht.

»Ich brauche mehr Leute in meinem Team«, wiederholte Rosalind Casey die Forderung zum dritten Mal.

Ihr Chef seufzte und gab zum dritten Mal zurück: »Ich kann mir die Agents nicht backen, Rosalind.« Dabei schaute er nicht einmal auf, was Rosalind am meisten ärgerte. Er wischte auf seinem Tablet herum. Es hätte sie nicht gewundert, wenn er sich gerade in einem Online-Shop durch die neuesten Angebote an Golfschlägern scrollte.

»Verdammt, dann fordere Verstärkung in D. C. an«, platzte es aus ihr heraus.

Sie hatte gemeinsam mit Martin Rothko die Ausbildung in der Akademie in Quantico gemacht, allerdings war seine Karriere anschließend glatt und störungsfrei immer weiter nach oben gegangen. Diesen Tonfall ließ er sich nicht bieten. Er warf Rosalind einen scharfen Blick zu.

»Wir lösen unsere Fälle selbst, dazu brauchen wir Washington nicht. Basta.« Rothko deutete auf die Tür. »Ich wäre froh, wenn ich denen erklären könnte, wie ein Mordverdächtiger, der wahrscheinlich auch noch einen Raubüberfall begangen und einen Terroranschlag geplant hat, aus unserem Gewahrsam entkommen konnte. Und in diesem Bericht kommt ziemlich häufig der Name Rosalind Casey vor.«

Rosalind sparte sich weitere Versuche. Ja, bloß nicht auffallen, bloß keine Schwäche zeigen, aber die eigenen Untergebenen auspressen wie einen feuchten Schwamm. Sie unterdrückte den Kommentar, den sie am liebsten gegeben hätte. Vielleicht brauchte sie Rothkos Wohlwollen noch.

In ihrem Büro legte sie die Arme auf den Schreibtisch und vergrub den Kopf darin. Rothko war so abweisend gewesen, dass sie sich nicht mehr getraut hatte, über ihren Fund auf dieser *Akte X*-Seite zu sprechen. Er hätte sie sofort vom Dienst suspendiert und zum psychologischen Dienst geschickt oder ihr geraten, in eine Kur zur Erholung zu gehen.

Gionelli betrat den Raum. Schon an seiner Haltung konnte sie erkennen, dass er auch keine guten Nachrichten brachte.

»Die Fahndung läuft. Die in Lincoln haben ihn entwischen lassen. Dieser Clive war keine besondere Hilfe. Er wirkte eingeschüchtert. Wir haben versucht, das Handy zu orten, mit dem er bei Celia Rowe angerufen hat, aber: nichts, abgeschaltet, Akku raus.«

Rosalind öffnete auf ihrem PC den Ordner mit den Dateien der Telefonüberwachung. »Vielleicht hätten wir Celia deutlicher machen sollen, dass wir ihren Hinweis auf die fehlende Narbe ernst nehmen.«

»Hast du das denn ernst genommen?«, fragte Gionelli. »Eine verschwundene Narbe? Es klang ziemlich schräg.«

»Du hast es nicht gecheckt, Gio. Stimmt's?«

»Ich bin gar nicht mehr dazu gekommen.«

Rosalind zuckte die Achseln. »Hör dir das an.«

Sie klickte den Mitschnitt des Telefonats zwischen Celia und dem Jungen an: *»Ich war in keiner Zelle, ich war gefangen, aber nicht beim FBI. Ach, verdammt, das ist kompliziert. Der Typ, den sie eingesperrt haben, wie soll ich es sagen –«*

»Das bist nicht du gewesen. Ich habe es geahnt. Oder sogar gewusst. Er hat keine Narbe am Bauch.«

»Dann hätten wir es mit zwei Tätern zu tun. Oder einem Doppelgänger. Das würde einiges erklären«, sagte Gionelli.

»Aber nicht alles. Die Übereinstimmung der DNA erklärt es nicht«, erwiderte Rosalind.

Es blieb alles ein Rätsel.

»Gibt es sonst irgendetwas Neues? Sind alle noch einmal befragt worden? Alle Überwachungskameras noch einmal –«

Peter Gionelli winkte ab. »Nichts, nada, niente. Er hat sich in Luft aufgelöst. Und das mache ich jetzt auch. Ich brauche eine Dusche und ein frisches Hemd und eine ordentliche Mütze Schlaf.«

»Hau schon ab«, sagte Rosalind. Ihre eigene Arbeitswut steckte die anderen an, wenn sie einen solchen Fall auf dem Tisch hatten, aber sie durfte das nicht für selbstverständlich halten.

»Du könntest das auch brauchen«, sagte Gionelli.

Rosalind zwang sich ein Lächeln ab.

Nachdem Gionelli gegangen war, holte Rosalind die Aktenmappe hervor, die David Wells ihr gebracht hatte.

Bei den Kopien darin handelte es sich um drei Ausgaben des *Vermont Weekly Journal*. Wells hatte das jeweilige Datum mit einem roten Stift darauf umkreist.

Die letzten Seiten enthielten die lokalen Nachrichten. Wahrscheinlich wurde das Blatt für eine ganze Reihe von Countys herausgegeben. Der Hauptteil war bei allen identisch, nur diese letzten Seiten enthielten individuelle News der einzelnen Countys.

Es wurden Sanierungsarbeiten am Damm des Amherst Lake gemeldet, Rekordbesucher auf einer Landwirtschaftsmesse und ein Interview mit einem italienischen Opernstar angekündigt, der in der Hauptstadt des Bundesstaates ein Konzert geben sollte. Dann stolperte sie über einen Ort, der in einer Schlagzeile jeder der drei Ausgaben erwähnt wurde: Jay State Forest.

Rosalind tippte den Namen in die Suchmaschine ein und klickte auf Landkarten. Hoch im Norden des Staates, in den Green Mountains, keine zwanzig Meilen bis zur kanadischen Grenze.

Die Beiträge standen tatsächlich in Verbindung miteinander, stellte Rosalind fest, als sie weiterlas. *Blizzard verhindert Suche im Jay State Forest nach vermisstem Jungen,* lautete die erste Überschrift. Die zweite vermeldete eine gute Nachricht: *Junge im Jay State Forest gefunden.* Und die dritte erzeugte in Rosalind das leise Kribbeln in den Fingerkuppen, das sie immer dann spürte, wenn sie eine wirklich heiße Spur hatte.

Identität des Jungen aus dem Jay State Forest weiter unklar, stand in der Überschrift des dritten Artikels. Ein schwarzer Junge, das Alter wurde auf dreizehn oder vierzehn Jahre geschätzt, war in der Nähe von Montgomery aufgegriffen worden. Er hatte Schutz in der Hutchins Bridge gesucht, einer überdachten Brücke, hinter der die Straße hinauf in den Jay Forest und dann zum höchsten Gipfel, dem Jay Peak, führte.

Er hatte keinerlei Gepäck dabei, war viel zu dünn bekleidet für die strammen Temperaturen, nur in Jeans und T-Shirt und ohne Schuhe. Er hatte wirres Zeug geredet. Da Michelle Bousquet, die ihn gefunden hatte, ihn nicht dazu überreden konnte, zu ihr ins Auto zu steigen, hatte sie ihm eine Daunenjacke und die Decke, die wegen ihrer beiden Golden-Retriever-Rüden auf der Rückbank lag, überlassen. Dazu noch ein Paar Gummistiefel, die sie immer im Auto hatte, falls sie spontan mit den Hunden ins Gelände wollte. Dann hatte sie die örtlichen Behörden benachrichtigt, aber als man nach dem Jungen sehen wollte, war er nicht mehr an der Brücke angetroffen worden.

Der zweite Bericht drehte sich um die Suche nach dem Jungen. Ein Schneesturm war den Rangern dazwischengekommen und die Suche schließlich nach zwei Wochen eingestellt worden. Bei den Minustemperaturen und meterhohen Schneeverwehungen ging niemand mehr davon aus, dass man den Verirrten noch lebend finden würde. So hatte es der örtliche Feuerwehr-Chief Colby Snider in einer Pressemitteilung gesagt.

Was dann aber zur großen Überraschung aller Beteiligten doch passiert war. Monate später. Im April des folgenden Jahres.

Der Junge hatte – wie sich herausstellte – Unterschlupf in einem verlassenen Haus oben in den Bergen des Jay Forest gefunden. Zu seinem großen Glück hatte dort früher ein etwas schrulliger Typ gewohnt, der Vögel beobachtet und auf den Weltuntergang gewartet hatte. Er hatte eine Menge Lebensmittel und anderen Kram gehortet. Ein Prepper.

Immerhin hatte der Junge so fast fünf Monate überlebt. Dann war er abgehauen, ohne dass die Behörden ihn identifizieren konnten. Von dem Haus gab es ein Foto, vom örtlichen Sheriff und dem Feuerwehr-Chief, von Michelle Bousquet ebenfalls – von dem Jungen nicht.

»Verdammt«, murmelte Rosalind.

Sie googelte noch mal den Namen des Ortes und gab ein paar Stichworte zu der Story ein. Bei einem lokalen Fernsehsender wurde sie fündig. Es gab einen Reporter, der weitere Storys aus der Geschichte gemacht hatte. Rosalind notierte sich den Namen.

»Du bist verrückt«, murmelte sie. »Die Sache ist über vierzig Jahre her.« Aber wenn es kribbelte, konnte Rosalind nicht anders. Sie hackte die Adresse des Portals für Billigflüge in die Tastatur.

Tonbandprotokoll

Asservaten-Nr.:   KxCV|24-111v
Aufnahmegerät: Revox A77 MkIV
                    (Baujahr 1978)
Transkription: Serena Eastwood (se)

Ich wusste also, wo wir uns treffen würden. Der Ort war ganz in der Nähe von York und völlig unverdächtig. Celia hatte ein paarmal auf der *Wessels Living History Farm* gejobbt. Sie hatte dort Cookies aus Maismehl in einer Küche aus dem neunzehnten Jahrhundert gebacken, den Gästen eiskalte Limonade aus großen Krügen ausgeschenkt und vor allem: in der Show am Wochenende mit Latzhose und Schlapphut und Stroh in den Haaren die niedliche Vogelscheuche Lilly gespielt. Einmal war ich eingesprungen und hatte den Kürbismann übernommen, was der pure Horror war. Mit einem ausgehöhlten Kürbis auf dem Kopf kriegt man ungefähr so viel Luft wie bei einem Tauchversuch auf zwanzig Meter. Und dazu auch noch den Clogging tanzen. Ich bin ein Typ mit zwei linken Füßen, das sollte an dieser Stelle gesagt werden. Aber alle anderen hatten Spaß.

Celias sonderbare Wünsche am Ende des Telefonats wiesen alle auf diesen Ort hin. Hier wollte sie mich treffen, da war ich mir sicher. Nur ich konnte das verstehen und sie würde damit nicht eine ganze Polizeieinheit dorthin locken.

Ich habe mich getraut, noch mal den Scooter zu nutzen, um dort hinzukommen. Mit dem Bus schien es mir zu riskant und zu trampen war sicher auch keine gute Idee. Wie auf dem Präsentierteller am Straßenrand zu stehen, kam nicht infrage. Mit dem Roller konnte ich hingegen auch Schleichwege nehmen, auf denen mich bestimmt niemand vermutete.

Ich schaffte es bis zum frühen Nachmittag, was viel zu früh war. Die Farm liegt gut sichtbar in der Landschaft, umgeben von kaum etwas anderem als Feldern und Weiden. Unter der Woche ist normalerweise nicht viel los, ab Freitag tummeln sich dann ein paar Leute, die erleben wollen, wie es in einem Farmhaus in der guten alten Zeit zuging.

Und wo genau wir uns dort treffen sollten, war mir auch klar: Kein Tornado könne uns aufhalten, hatte Celia gesagt. Das musste für die Leute vom FBI, die uns zugehört hatten, einigermaßen sonderbar geklungen haben, aber ich wusste, was es bedeutete. Die *Wessels Farm* verfügt wie viele Häuser mitten in der Tornado Alley des Mittleren Westens über einen Storm Shelter. Sie schützen die Bewohner bei schweren Stürmen und liegen meistens unter der Erde. Die *Wessels Farm* hat gleich zwei davon. Einen modernen am neuen Wohnhaus, der eher einem Atombunker gleicht, und einen alten, der zum historischen Teil gehört. Er ist recht einfach gebaut, mit frei liegenden Deckenbalken und Stützen, schlichten Regalen voller Gläser mit Eingemachtem und ein paar Feldbetten. Der Zugang ist durch eine einfache Falltür geschützt.

Allerdings musste ich warten, bis es dunkel wurde. Ich war mir sicher, dass auch Celia erst nach Sonnenuntergang dort auftauchen würde.

Die Farm war schon aus einiger Entfernung zu sehen. Das schneeweiße Haupthaus und die rot gestrichene riesige Scheune stachen aus der Landschaft hervor. Das alte Windrad drehte sich nur müde in der schwachen Brise. Links davon musste der Zugang zum alten Storm Shelter liegen, wenn ich mich richtig erinnerte.

Ich versteckte den Scooter schon eine gute Meile entfernt in einem Maisfeld am Rande der Straße. Ich schob ihn einfach ein paar Meter zwischen die Pflanzen und achtete darauf, dass ich nicht zu viele davon umknickte und eine sichtbare Spur hinterließ.

Hunger und Durst quälten mich. Ich hatte seit dem frühen Morgengrauen nichts mehr zu mir genommen, weil ich mich nicht getraut hatte, irgendwo anzuhalten. Außerdem wollte ich die paar Dollar erst mal noch sparen. Die Maiskolben hatten schon eine ordentliche Größe, nach der dritten Frucht gab ich es auf: Die Körner waren noch grün und würden nur Bauchschmerzen und Durchfall erzeugen, also wartete ich.

Zeit kann ganz schön langsam vergehen, das sage ich dir. Ich meine: wirklich langsam! Ich hatte ja noch nicht die Erfahrungen, die ich jetzt hier in dem verlassenen Haus sammeln kann. Wenn du so alleine bist, so lange am Stück, dann wirst du Weltmeister im Abwarten. Aber das war ich damals noch nicht. Es war die Hölle. Irgendwann bin ich dann zwischen all dem Mais eingepennt und erst aufgewacht, als es schon stockdunkel war und mir irgendetwas mitten durchs Gesicht gelaufen ist. Größer als eine Ratte, kleiner als ein Fuchs und zum Glück in keiner Weise an mir oder Teilen von mir interessiert.

[lacht]

Das wäre schräg, jetzt mal wirklich. Stell dir vor, irgendwann fragt dich jemand: »Was ist denn mit deinem Ohr passiert?« Und du sagst: »Och, lange Geschichte. Wurde mir in einem Maisfeld abgebissen.«

Es war jedenfalls dunkel und ich hatte keine Ahnung, ob die Sonne eben erst untergegangen war oder bald schon wieder aufgehen würde. Ich weiß, als Boyscout sollte man das irgendwie am Sternenhimmel erkennen können, aber es hatte sich zugezogen und nicht ein einziger Stern war zu sehen. Ist auch völlig gleichgültig, weil ich eine ziemlich kurze Zeit später viel größere Probleme haben sollte. Echte Probleme.

Nämlich genau zu dem Zeitpunkt, als ich aus dem Maisfeld trat: Das Farmhaus, die Scheune, das Windrad – alles stand in lodernden Flammen. Ich hoffte nur, dass Celia zu diesem Zeitpunkt nicht in dem Storm Shelter saß und grauenvoll erstickte.

WCAX-TV
Sendegebäude Burlington

30 Joy Drive
South Burlington, VT 05403
Vermont | USA

Dienstag, 30. August 2022 | 18:30 Uhr

Rosalind hatte in Chicago den Anschlussflug verpasst, was die schnelle Flugverbindung von Omaha nach Burlington in Vermont zu einer zähen, langen Reise machte. Sie wusste, warum sie sich am liebsten nicht weiter als zweihundert Meilen von ihrer Heimatstadt entfernte. Warum Leute sich freiwillig in Flugzeuge setzten, um ihre Füße in einen Hotelpool auf Hawaii zu stecken, blieb ihr ein Rätsel.

Über neun Stunden war sie nun unterwegs. Die letzte Viertelstunde vom Flughafen zum Fernsehsender war jedoch die schlimmste. Der Lake Champlain sorgte für feucht-schwüle Luft in der kleinen Stadt und der Taxifahrer quatschte ohne Punkt und Komma.

Eine Genehmigung für ihren Kurztrip hatte Rosalind nicht, nur Gionelli wusste, wo sie war. Offiziell nahm sie sich zwei Tage frei wegen einer familiären Angelegenheit.

Dem Archivar des Senders, Iggy Long, hatte sie eine Nachricht geschickt. Er hatte ihr dann am Telefon gesagt, dass er eigentlich nur halbtags arbeite.

Hoffentlich wartet er auf mich, betete Rosalind, sonst war die ganze Aktion umsonst. Der Rückflug ging am nächsten Morgen um halb sechs, das Hotelzimmer hatte sie nur für eine Nacht gebucht. Wenn sie kein Ergebnis mitbrachte, würde sie auf den Kosten sitzen bleiben. Mit einem Ergebnis vielleicht auch.

Iggy saß noch in den Katakomben, wie er seinen Arbeitsplatz nannte. Archive befinden sich immer Keller, stellte Rosalind fest.

»Sie kommen den lieben langen Weg hierher, von ... von wo?«, fragte Long. Er hat eine erstaunlich junge Stimme, musste aber bereits die sechzig überschritten haben.

»Omaha«, antwortete Rosalind zum dritten Mal.

»Hammer«, sagte Long. »Für eine kleine Geschichte aus den Leck-mich-am-Arsch-Green-Mountains – oh, Verzeihung, Ms Casey.«

»Kein Problem«, sagte Rosalind, was sie später, nachdem er ungefähr zwei Dutzend mal Leck-mich-am-Arsch-irgendwas gesagt hatte, bereute.

Weit problematischer war, dass die älteren Aufnahmen alle noch nicht digitalisiert waren. Nicht nur das. Bei einem Rohrbruch vor ein paar Jahren waren etliche Regalmeter Videokassetten im Wasser gelandet, und beim Versuch zu retten, was noch zu retten war, war alles durcheinandergeraten und nie mehr geordnet worden.

»Das isses«, sagte Long.

Er zeigte auf vier Regale.

Rosalind seufzte.

Long grinste. »Ich hab die Warterei genutzt und schon

mal angefangen zu sortieren.« Er zog einen Karton aus dem Regal, in dem vielleicht zehn, höchstens fünfzehn Videokassetten lagen. »Keine Sorge, wir haben Videorekorder für den alten Kram. Ich meine, kein Mensch hat doch noch Geräte für so was, oder?«

Rosalind nickte bloß und der Archivar schob das erste Band in den Rekorder. Nach einer guten Stunde waren sie bei dem angekommen, was Rosalind suchte. Die Lokalnachrichten machten die Meldung groß auf.

Der vermisste Junge war im Frühjahr wieder aufgetaucht. Es ging ihm prächtig, er hatte genug zu essen gehabt und sich in dem Haus unterhalb des Jay Peaks in den Green Mountains den Umständen entsprechend gut über die Zeit gebracht. Eine Menge Fragen waren offengeblieben, zum Beispiel, wie er von der überdachten Brücke, an der die Autofahrerin ihn angetroffen hatte, hinauf in das Haus gekommen war. Und wie er überhaupt in dieser Gegend gelandet war.

Die Beiträge stammten von dem Reporter Blake Ranston, der sich mehrmals an verschiedenen Orten mit seinem Mikrofon aufgebaut und reißerische Ansagen gemacht hatte.

»DER Ranston?«, fragte Rosalind.

»Jep, DER Leck-mich-am-Arsch-Late-Night-Show-Ranston. Bundesweit, jeden Abend. Hat gestern noch mit Lady Gaga auf der Couch ein Schwätzchen gehalten. Ich kann mich übrigens an die Sache mit dem Jungen erinnern. Ich komm aus der Gegend und – halten Sie sich fest – Ranston hat mir damals diesen Job hier besorgt.«

»Stopp!«, rief Rosalind.

Long zuckte zusammen, stoppte das Band aber augenblicklich.

Ranston stand wieder vor irgendeinem Gebäude und plapperte in das Mikrofon, während sich hinter seinem Rücken eine Tür öffnete. Eine Frau erschien im Bild, dann ein Sheriff und schließlich ein Junge.

Er näherte sich dem Reporter, aber der Sheriff trat auf den Kameramann zu und verdeckte die Linse mit der Handfläche. Am Rand der wurstigen Finger bewegte sich der Junge aus dem Bild.

Rosalind hatte genug gesehen. Es gab keinen Zweifel.

»Das sind die einzigen Bilder von dem Jungen, Ranston war mächtig stolz, weil sie das Kerlchen abgeschirmt hatten. Leck-mich-am-Arsch, der war früher schon ein eitler Affenarsch, sorry, Ma'm, aber es ist so. Joe sagt das auch, dem hatte Ranston die Story doch eigentlich zu verdanken. Der hatte so eine Art, dass die Leute ihm ihr halbes Leben erzählten.«

»Wer ist Joe?«, fragte Rosalind.

»Der Kameramann. Hat's nie ins landesweite Programm geschafft und dann hat's ihn bei einer Reportage den linken Arm gekostet, weil er – «

»Wo finde ich den Mann?«, fragte Rosalind ungeduldig und vielleicht etwas zu barsch. Das war nicht ihre Art, aber ihr raste die Zeit davon.

»Sitzt jetzt oben an der Pforte. Hat Sie eben reingelassen, Lady. Mit einer Hand ist's schwierig an der Kamera.«

»Danke. Das hier nehme ich mit.« Rosalind packte sich das Videoband mit den Aufnahmen, die in diesem Fall alles umstürzten.

»Hey, das geht nicht«, rief Long, aber Rosalind war schon durch die Tür hinaus.

In der Eingangshalle des Gebäudes marschierte sie zielstrebig auf den Tresen zu, hinter dem ein weißhaariger Herr im blauen Anzug mit dem Signet des TV-Senders auf der Brusttasche saß. Der linke Ärmel des Jacketts war leer und endete in der Seitentasche. *Joseph Lawson* stand auf einem kleinen Messingschild an seinem Revers.

»Sie sind Joe?«, brachte Rosalind atemlos hervor.

»War ich immer und bin es noch. Und Sie sind die Dame vom FBI?«, gab er zurück. »Iggy, die alte Schwatztasche, hat natürlich auf der Stelle zum Telefon gegriffen und Sie angekündigt.«

Rosalind musste lächeln. Als ›Dame‹ hatte sie schon lange niemand mehr bezeichnet. »Können Sie sich – «

»An die Sache mit dem verschwundenen Jungen erinnern, damals am Jay Peak? Aber selbstverständlich. An so etwas erinnert man sich. Keiner weiß, wie er aus der Zelle rausgekommen ist.«

»Warum wurde er in eine Zelle gesteckt? Ihm wurde doch eigentlich nichts vorgeworfen, oder?«, fragte Rosalind.

»Es war ja eigentlich keine Zelle, sondern so ein Anbau am Feuerwehrhaus, wo die teuren Geräte gelagert wurden. Irgendjemand hatte wohl Jahre zuvor Langeweile gehabt und hat das Ding sicher wie ein Schließfach der Bank of America ausgebaut. In der Feuerwache war es der einzige Ort, wo der Junge sich ein Weilchen aufs Ohr legen konnte, bis er abgeholt werden würde. Der Raum hatte nicht einmal ein Fenster und vor der Tür standen Ranston und ich und der Feuerwehr-Chef ... wie hieß er noch gleich? Warten Sie, ich vergesse nie einen Namen.«

Rosalind hatte es eilig, aber sie wollte die Erinnerungen des Mannes nicht abreißen lassen.

»Snider«, rief er endlich aus. »Colby Snider. Also, als die Frau von Snider dem Jungen ein Sandwich und einen Kakao bringen wollte, war er weg.«

»Weg?«, fragte Rosalind, obwohl sie durchaus wusste, was er mit ›weg‹ meinte.

»Ja, weg.«

»Und keiner hat gesehen, wie er gegangen ist?«

»Ma'am, er ist nicht gegangen. Er ist verschwunden. Wir sind ja nicht zu dritt für fünf Minuten ins Koma gefallen.«

Rosalind zog ihr Smartphone hervor. Sie zeigte dem Pförtner ein Foto von Boston Coleman.

Dieser schaute sie erstaunt an. »Unser Geist, der durchs Schlüsselloch schweben kann«, sagte Joe mit überrascht aufgerissenen Augen. »Das ist ja ein Ding. Haben Sie ihn gefunden?« Sofort runzelte er aber die Stirn. »Das ist nicht möglich. Der Junge müsste heute auch schon die fünfzig überschritten haben. Das da ist ein Teenager.« Er deutete auf das Handy.

»Danke, Sie haben mir sehr geholfen«, sagte Rosalind. Schon auf dem Weg nach draußen wählte sie die Nummer von Peter Gionelli. »Mach dich auf den Weg nach Vermont«, rief sie in den Hörer, bevor Gionelli seinen Namen nennen konnte. »Ich schicke dir die Adresse.« Sie tippte die Anschrift des Hauses, die sie sich im Archiv notiert hatte, in eine Message. Beim Blick auf die Uhr stellte Rosalind fest, dass sie es an diesem Tag nicht mehr zu ihrem neuen Ziel schaffen würde. Sie buchte ihren Flug um, dann wählte sie die Telefonnummer der Feuerwehrwache in Montgomery.

VII.

Tonbandprotokoll

Asservaten-Nr.:	KxCV|24–111v
Aufnahmegerät:	Revox A77 MkIV
	(Baujahr 1978)
Transkription:	Serena Eastwood (se)

Eine Geschichte ohne Happy End ist Mist. Das hat Rebecca Stone im Kurs für kreatives Schreiben immer gesagt. Sie las am liebsten Schnulzen und seichten Fantasykram mit viel Herzschmerz. Und sie schrieb auch selbst dauernd solche Storys. Wenn sie eine davon im Unterricht vorlas, konnte sich kaum einer im Kurs das Lachen verkneifen. Unsere Lehrerin war der Meinung, nur Geschichten ganz ohne Ende seien schwierig. Auf ›Happy‹ könne man verzichten, aber nicht auf ›End‹. Anfang, Mitte und Ende – das sei der Aufbau einer guten Geschichte.

Ich weiß nicht einmal, wo der Anfang von meiner Geschichte ist, und ich habe sie mir auch nicht im Kurs für kreatives Schreiben ausgedacht. Den habe ich schon nach dem ersten Halbjahr wieder aufgegeben. Ich bin nicht gut im Geschichtenerzählen. Ich habe auch keine Ahnung, wo das noch alles hinführen und enden soll.

Dafür gab es jede Menge Überraschungen.

Als ich aus dem Maisfeld trat, war nicht nur die brennende Farm eine Überraschung, sondern auch das Empfangskomitee, das auf mich wartete. Lux, Asher und Yuval standen vor mir. Ein paar Meter weiter parkte ein unauffälliger, etwas in Jahre gekommener Lieferwagen mit einer verblichenen Aufschrift auf der Seite, die für irgendein Düngemittel warb.

Rasend schnell flogen die Gedanken durch meinen Kopf: Zurück ins Feld und im hohen Mais abhauen? Einem nach dem anderen eins auf die Nase geben? Schreien? Auf den Boden werfen? Mich in Luft auflösen? Irgendetwas tun!

Ich tat nichts.

Ich starrte sie an.

»Hey, Bro«, sagte Asher. »Schön, dich zu sehen.« Er klang, als hätte er einen alten Bekannten zufällig im Supermarkt getroffen. Aber er sagte nicht »Lass uns doch eine Coke drüben bei Stacy's trinken!«, sondern: »Es wird Zeit, dass wir die Sache durchziehen.«

»Ihr könnt mich mal sonst wo! Ich will mit eurer Sache nichts zu tun haben, weniger denn je«, blaffte ich ihn an. »Wie habt ihr mich überhaupt gefunden?«

»Solange du die Kapseln bei dir trägst, können wir dich orten«, sagte Lux.

Dass ich einigermaßen tief in der Scheiße steckte, war mir schon vor dem Anblick der brennenden Farm klar gewesen. Ich habe auch nie genau herausgefunden, warum sich dieses Inferno zugetragen hat. Auch Lux und Asher und Yuval wussten es nicht, sie vermuteten aber, dass es die koreanische Mafia dahintersteckte.

»Sie haben ungenaue Ortungssysteme. Sicher haben sie gedacht, dass du da drüben bist, und dann gleich das große Programm abgefahren. Sie sind von allen Kommandos, die dich suchen, die einzigen, die dich lieber aus dem Weg räumen würden«, sagte Asher. »Die Deutschen hast du ja schon kennengelernt.«

»Habt ihr noch alle Tassen im Schrank?« Ich hatte von diesen Geschichten die Nase gestrichen voll.

»Hast du die Kapseln noch?«, fragte Lux, ohne mir irgendein Wort der Erklärung zu gönnen.

Sie und Yuval sahen einigermaßen mitgenommen aus. Dass Jacs fehlte, war kein gutes Zeichen, vermutete ich. Die Vermutung bestätigte sich, als ich nickte und das kleine Ding aus der Tasche kramte.

Asher atmete tief durch und legte eine Hand auf Yuvals Schulter. »Dann war Jacs' Tod wenigstens nicht ganz sinnlos.«

Yuval verzog keine Miene. »Wenn dieses feige Stück nicht gezickt hätte, würde er noch leben«, sagte er mit einem verachtenden Blick auf mich.

»Ich habe weder mich selbst noch Jacs in diese verdammte Situation gebracht.«

»Wir mussten schnell handeln, damit du den anderen nicht in die Hände fällst und alles aus dem Ruder läuft«, sagte Asher.

»Danach sieht es aus«, sagte ich mit einem höhnischen Lachen, das mir aber schnell verging, weil ich an Celia denken musste. »Ich bin mit Celia dort drüben verabredet.« Ich zeigte auf die brennende Farm.

»Sie ist nicht dort«, sagte Lux.

»Woher willst du das wissen?«

»Weil wir sie abgefangen haben.« Asher ging zu dem Van und öffnete die hintere Tür.

Celia lag auf einer Decke, zusammengerollt, scheinbar schlafend.

»Was habt ihr mit ihr gemacht?« Ich stolperte die paar Schritte zum Auto und rüttelte vorsichtig an Celias Schulter.

»Sie schläft«, sagte Lux. »Es könnte ihr kaum besser gehen.«

Ich setzte mich auf die Stoßstange des Autos. Am liebsten hätte ich mich neben Celia gelegt und die Augen geschlossen. Schlafen. Schlafen. Schlafen. Irgendwann aufwachen und den Kopf über einen so verrückten Traum schütteln, mich mit dem Frühstück beeilen, mit Celia zur Schule fahren –

»Sie kommen!«, holte Yuval mich aus meinen erschöpften Wunschträumen. Er zeigte auf die Scheinwerfer, die sich uns von der Farm aus näherten. »In ein paar Minuten sind sie hier.«

»Das ist zu knapp«, sagte Lux.

»Verdammt, ja«, pflichtete Asher ihr bei.

»Für was?«, fragte ich müde.

»Für einen sicheren Transfer, bei dem unsere Spuren verwischt werden«, antwortete Yuval. »Er muss in das Safe House.«

»Ich gehe nirgendwohin.«

Ich stand auf und drehte mich herum, um Celia aus dem

Auto zu heben und sie notfalls nach Hause zu tragen. Aber Yuval war schneller. Ohne Vorwarnung packte er mich am rechten Arm. Eine Sekunde später hatte er ihn mir auf den Rücken gedreht. Ich schrie auf vor Schmerzen. Trotzdem wehrte ich mich.

Asher griff sich meinen linken Arm und verdrehte ihn mir genauso. Die geringste Bewegung jagte stechende Schmerzen durch meine Schultern.

»Wenn du nicht stillhältst, sind wir in ein paar Minuten alle tot«, blaffte Lux. »Oder nur du und Celia, denn wir können uns hiermit aus dem Staub machen.«

Sie fischte einen Zettel und eine Kapsel aus der Hosentasche hervor, allerdings eine grüne. Den Zettel stopfte sie mir in die Gesäßtasche der Jeans.

»Du schluckst das verdammte Ding jetzt. Es ist auf einen sicheren Ort programmiert. Er ist nicht zu orten und es wird dir von uns auch keiner folgen. Wie du das Haus findest, steht auf dem Zettel, ein bisschen oldschoolmäßig, aber das ist der sicherste Weg. Du bist unauffindbar, das versprechen wir dir.«

Bevor ich antworten konnte, fasste sie mein Kinn und drückte mir mit einem brutalen Griff den Kiefer auf. Mit den Fingern der anderen Hand schob sie die Kapsel tief in meinen Rachen.

Ich wehrte mich, aber Asher und Yuval zogen meine Arme weiter nach hinten. Ich würgte, biss Lux auf die Finger, schmeckte ihr Blut. Es nützte nichts. Die Pille rutschte in meine Speiseröhre.

»Gib dir keine Mühe, du kannst sie nicht mehr ausspucken, selbst wenn du dir eine ganze Hand in den Mund steckst«, zischte Yuval in mein Ohr. Er zog noch einmal fester zu. Ich glaube, er hätte mir aus Rache für Jacs' Tod am liebsten die Schulter gebrochen. Oder Schlimmeres.

Lux schaute auf die Smartwatch an ihrem Handgelenk. Sie tippte hektisch darauf herum, fluchte und korrigierte noch mal den Eintrag.

»Das Haus ist schon vor Jahren für eine solche Situation vorbereitet worden. Du hast genug Lebensmittel für mindestens ein halbes Jahr. Es verirrt sich niemand dorthin. Wenn doch, dann sag ihnen, du bist der Neffe des Eigentümers. Das nächste Transfer-Fenster öffnet sich erst im kommenden April. Und wundere dich nicht, du wirst ziemlich müde sein«, erklärte mir Asher.

»Fertig«, sagte Lux. Ihr Finger schwebte über dem Display der Smartwatch.

Yuval und Asher ließen mich los.

»Viel Glück«, sagte Asher.

Ein Schuss knallte. Aus den Lichtpunkten der Scheinwerfer schälten sich die Umrisse von zwei Pick-ups.

Wieder knallten Schüsse. Im nächsten Augenblick wurde es dunkel um mich herum.

»Wir kümmern uns um Celia«, hörte ich noch aus weiter Ferne die Stimme von Lux.

Ein tiefschwarzer Raum öffnete sich. Ich erkannte ineinander verschachtelte Quadrate, die über verschiedene Ebenen miteinander verbunden waren. Sie bewegten sich, als ziehe jemand immer wieder an einem anderen Ende, um so neue geometrische Formen zu bilden.